LES SORCIÈRES DE L'ÉPOUVANTEUR

À Marie

Ouvrage publié originellement par The Bodley Head,
un département de Random House Children's Books
sous le titre *The Spook's Stories – Witches*
Texte © 2009, Joseph Delaney
Illustrations © 2009, David Frankland
Illustration de couverture © 2009, David Wyatt

Pour la traduction française
© 2011, Bayard Éditions
18, rue Barbès 92128 Montrouge Cedex
ISBN : 978-2-7470-3639-9
Dépôt légal : juin 2011

Loi n° 49-956 du 16 juillet 1949 sur les publications destinées à la jeunesse
Reproduction, même partielle, interdite

LES SORCIÈRES DE L'ÉPOUVANTEUR

Traduit de l'anglais par Marie-Hélène Delval

JOSEPH DELANEY

bayard jeunesse

Sommaire

Meg Skelton 7
Dora la Cracheuse 47
Grimalkin 75
Alice et le mangeur de cerveaux 105
La Banshie 155

Meg Skelton

Cette histoire est un avertissement à ceux qui, un jour, prendront ma place. Je m'appelle John Gregory et je suis l'Épouvanteur de ce pays. Ce qui va suivre est le récit complet et véridique de mes relations avec la sorcière Meg Skelton.

1
Le combat avec le semi-homme

J'avais suivi pendant cinq ans ma formation d'épouvanteur auprès d'Henry Horrocks. Il m'avait enseigné la conduite à tenir face aux fantômes, gobelins, sorcières et autres créatures de l'obscur. Mon apprentissage était à présent terminé, j'étais pleinement qualifié. Je continuais cependant d'habiter avec mon vieux maître dans sa maison de Chipenden, veillant avec lui à la sécurité du pays.

À la fin de l'automne, une lettre urgente nous parvint d'Arnside, au nord-ouest du Comté. On nous priait instamment de détruire un semi-homme, un monstre immonde qui répandait la terreur dans la région depuis trop longtemps. Bien des familles avaient eu à souffrir de sa cruauté ; il y avait eu des morts, des estropiés.

À cette époque, Henry Horrocks n'était plus en bonne santé. Quand le message arriva, il gardait le lit depuis trois jours.

La respiration sifflante, il me dit :

– Tu vas devoir y aller seul, mon garçon. Mais sois prudent. Les semi-hommes sont doués d'une force colossale. Tiens-le à distance avec ton bâton, comme je te l'ai montré. Puis frappe-le entre les deux yeux. Si le danger te paraît trop grand, contente-toi de l'observer de loin. Je te rejoindrai lorsque je me sentirai mieux. Dès demain, j'espère…

Sur ces mots, il me laissa partir. Mon sac sur l'épaule, mon bâton à la main, je pris la route d'Arnside. Si j'avais dû affronter une sorcière, j'aurais emprunté la chaîne d'argent de mon maître. Mais son efficacité sur les semi-hommes était douteuse. Ces êtres sont généralement insensibles au bois de sorbier, ainsi qu'au sel et à la limaille de fer. La lame fixée au bout de notre bâton est la meilleure arme contre un tel adversaire.

Parvenu à Arnside, je fis le tour du village et de quelques fermes afin de rassembler le maximum d'informations sur la créature que j'allais affronter et l'endroit où je pourrais la trouver. Ce que j'entendis n'était pas fait pour me rassurer. Une semaine plus tôt, le semi-homme avait attaqué un fermier, l'avait décapité d'un revers de patte sous les yeux horrifiés d'une jeune vachère dissimulée dans l'étable. Après s'être abreuvé du sang du malheureux, le monstre avait dévoré sa chair à grands coups de dents, ne laissant que les os. Il avait élu domicile dans une tour, et se mettait habituellement en chasse après minuit. À des miles à la ronde, les gens vivaient dans la peur; ils ne se sentaient même plus en sécurité dans leurs maisons.

Je pénétrai dans la forêt au crépuscule. Une couche de feuilles mortes pourrissait sur le sol. La tour, bien plus haute que le plus haut des arbres, désignait le ciel gris tel le doigt noir d'un démon. On avait vu une jeune fille agiter désespérément les bras à l'unique fenêtre, appelant à l'aide. La créature, m'avait-on dit, avait fait d'elle son jouet et la gardait enfermée entre les murs de pierre humides.

Je commençai par allumer un feu. Assis sur le sol, le regard fixé sur les flammes, je rassemblai mon courage. Pour affronter la créature, nous n'aurions pas été trop de deux; j'aurais préféré attendre l'arrivée d'Henry Horrocks. Mais, en dépit de ses assurances, je doutais qu'il pût me rejoindre. Sa santé s'altérait régulièrement depuis quelque temps. Et puis, le monstre risquait de tuer de nouveau cette nuit même. En tant qu'épouvanteur, il était de mon devoir de l'en empêcher, de protéger les habitants du Comté.

Tirant de mon sac ma pierre à aiguiser, j'affûtai la lame de mon bâton jusqu'à ce que, rien qu'à l'effleurer du doigt, le sang perlât sur ma peau. Finalement, juste avant minuit, je marchai jusqu'à la tour et frappai contre la porte du bout de mon bâton.

La créature surgit avec un hurlement de rage, brandissant une énorme massue. Cet être immonde, vêtu de peaux de bêtes et puant la charogne, était sans conteste un formidable adversaire. La poitrine aussi large qu'une barrique, il mesurait deux fois ma taille. J'étais jeune alors, en pleine possession de mes forces et entraîné à ce type d'affrontement. Pourtant, quand le monstre se jeta sur moi telle une furie, le cœur me manqua.

Je réussis à esquiver, puis je reculai pas à pas tout en libérant la lame rétractable de mon bâton ; je guettais le moment propice. Portant des estocades répétées pour tenir le démon à distance, je décrivis une courbe vers la gauche et l'entraînai loin de la tour, sous les arbres. À deux reprises, la lourde massue s'écrasa contre un tronc, ratant de peu ma tête. Sous un tel coup, mon crâne aurait éclaté comme une coquille d'œuf.

Mais c'était à mon tour d'attaquer. Je frappai la créature à la tempe avec une violence à assommer un forgeron de village. Elle ne vacilla même pas. Je réussis à lui planter ma lame dans l'épaule droite. Le sang dégoulina le long de son bras et dégoutta sur le sol. Je l'avais stoppée dans son élan. Nous nous affrontâmes du regard.

Avec un rugissement furieux, le monstre se ramassa sur lui-même, prêt à bondir. Faisant passer rapidement mon bâton de la main gauche à la main droite, je le projetai de toutes mes forces. La lame s'enfonça profondément dans le front du semi-homme. Il hoqueta, râla et tomba, raide mort.

Je repris mon souffle, contemplant à mes pieds la créature à qui j'avais ôté la vie. Je n'éprouvais aucun remords, car elle aurait continué à tuer et tuer encore, sans jamais être assouvie.

J'entendis alors la jeune fille m'appeler. Guidé par sa voix de sirène, je montai l'escalier de la tour. Et là, dans la plus haute salle, je la découvris, étendue sur une paillasse, pieds nus, étroitement liée par une chaîne d'argent. Une peau couleur de lait, de longs cheveux soyeux... Jamais je n'avais vu pareille beauté. Elle me dit se prénommer Meg et me supplia de la délivrer de cette chaîne ; elle avait des accents si persuasifs que ma raison vacilla ; le monde se mit à tanguer autour de moi.

À peine l'avais-je libérée des anneaux d'argent qu'elle pressait sa bouche contre la mienne. Et ses baisers étaient si doux que je crus défaillir entre ses bras. Cette nuit devait changer ma vie. Ma première nuit avec Meg.

Quand je m'éveillai, un rayon de soleil passant par la fenêtre éclairait une paire de souliers, posée sous une chaise. Des souliers pointus. Mon cœur sombra dans ma poitrine. Mon maître m'avait souvent mis en garde : les femmes portant des souliers pointus étaient presque toujours des sorcières. Or, le pire était à venir. Lorsque Meg se rhabilla, je vis son dos pour la première fois, et le sang se figea dans mes veines. C'était une sorcière lamia, la marque du serpent était sur elle. Aussi beau que fût son visage, sa colonne vertébrale était recouverte d'écailles jaunes et vertes.

– Sorcière ! criai-je en ramassant la chaîne d'argent. Tu es une sorcière !

– Je ne fais jamais de mal à personne ! plaida-t-elle. Seulement à ceux qui me menacent.

– Tu es fourbe de nature, grondai-je avec colère. Sorcière un jour, sorcière toujours. Et celles de ton espèce ne sont même pas humaines...

Je projetai sur elle la chaîne dont je l'avais libérée la veille. Celle-ci s'enroula autour d'elle, si serrée qu'elle ne pouvait ni marcher, ni parler, ni remuer les bras. Les longues heures d'entraînement contre un poteau, dans le jardin de Chipenden, se révélaient payantes.

Plein de ressentiment d'avoir été trompé, je la transportai, ainsi entravée, jusqu'à Chipenden, où un triste spectacle m'attendait.

2
Héberger une sorcière

À mon grand chagrin, je trouvai Henry Horrocks mort dans son lit, déjà raide et froid.

Il avait été un bon maître, et même un ami. Sa perte m'affligeait profondément.

Je l'enterrai à la lisière du cimetière. Bien qu'il ne fût pas permis à un épouvanteur de reposer en terre bénie, j'aurais sûrement pu persuader un prêtre de réciter une prière sur sa tombe. Mais Henry Horrocks m'avait toujours fait savoir qu'il ne le désirait pas. Il avait vécu une longue vie irréprochable, travaillant durement pour défendre le Comté contre l'obscur ; il se sentait capable de tracer seul son chemin à travers le brouillard des Limbes jusqu'à la lumière.

Cette tâche accomplie, il me restait à m'occuper de la sorcière. Je creusai d'abord une fosse dans le jardin est. Puis je demandai au maçon et au forgeron du village de préparer la fermeture : une bordure de pierre où s'encastraient treize barres de fer. Dès que la sorcière serait dans la fosse, je tirerais ce couvercle sur elle.

Entre temps, ma colère s'était apaisée. J'avais laissé Meg enchaînée sur le côté de la maison, où une pluie soudaine l'avait trempée jusqu'aux os. Pourtant, malgré son état pitoyable, elle me fascinait encore par sa beauté. Je dus lutter contre la compassion qui m'envahissait.

Quand je la libérai de la chaîne, elle se débattit avec tant de fureur que j'eus du mal à la maîtriser. Il me fallut la tirer par ses longs cheveux jusqu'à la fosse, tandis qu'elle ruait et poussait des cris à réveiller les morts. Il pleuvait de nouveau, et elle glissait sur l'herbe mouillée. Je continuai de la traîner sans pitié entre les arbres, malgré les ronces qui lui déchiraient les bras et les jambes. C'était cruel, mais il fallait que je le fasse.

Arrivé près de la fosse, je voulus la faire basculer par-dessus bord. Elle m'entoura alors les jambes de ses bras en sanglotant :

– Je t'en supplie, épargne-moi ! Je ne peux pas vivre comme ça, enfermée dans le noir !

– Tu es une sorcière, là est ta place. Réjouis-toi de ne pas connaître un sort bien pire.

– Oh, John, je t'en prie ! Réfléchis ! Je suis née sorcière, je n'y peux rien. Je n'ai jamais fait de mal à personne, sauf à ceux qui me provoquaient. Souviens-toi des paroles que nous nous sommes dites, cette nuit ; du bonheur que nous avons partagé. Rien n'a changé ! Rien ! Je t'en prie, prends-moi dans tes bras et oublie cette folie !

Je restai un long moment indécis, empli d'angoisse, à deux doigts de me jeter avec elle dans la fosse. Jusqu'à l'instant où je pris enfin la décision qui a bouleversé ma vie.

Elle était une lamia, et ces créatures se présentent sous deux aspects. Meg était une « domestique », presque totalement humaine. Sous leur forme « sauvage », les lamias deviennent de redoutables tueuses. Peut-être disait-elle la vérité. Peut-être n'utilisait-elle sa force que pour se défendre. Son cas n'était peut-être pas désespéré. Pourquoi ne pas lui donner une chance ?

Je la relevai, l'enlaçai, et nous pleurâmes tous deux. Mon amour pour elle était si soudain, si dévorant, que mon cœur s'embrasa. Comment aurais-je pu l'abandonner au fond de ce trou alors qu'elle m'était plus précieuse que la vie ? Son regard me captivait. Elle avait les plus beaux yeux que j'eusse jamais vus ; sa voix était plus douce, plus mélodieuse qu'aucun chant de sirène.

J'implorai son pardon, et nous retournâmes ensemble, main dans la main, vers la maison qui m'appartenait désormais. La fosse demeura vide.

Ce fut pour moi une nuit décisive. Parfois, bien que je croie fermement que nous décidons à chaque minute de notre propre avenir, il me semble que certaines choses doivent advenir. Car, si Henry Horrocks avait été en vie à mon retour, Meg n'aurait sûrement pas échappé à la fosse.

Mais elle m'avait ensorcelé ; elle devint le grand amour de ma vie. La beauté est un piège redoutable : elle ligote plus étroitement un homme qu'une chaîne d'argent, une sorcière.

Nous connûmes un mois de bonheur, Meg et moi, dans ma maison de Chipenden. Les heures où nous étions assis, sur le banc du jardin ouest, à contempler le coucher du soleil en nous tenant les mains, sont parmi mes plus chers souvenirs.

Hélas ! cela ne dura pas. Meg était têtue. Elle voulut à tout prix, en dépit de mes avertissements, aller faire les courses. Comme elle avait la langue plus acérée qu'un rasoir de barbier, elle eut vite des prises de bec avec les femmes du village.

Tout débuta par des broutilles. Dans une boutique, une femme passa devant Meg comme si elle ne l'avait pas vue. Une autre la traita de « romanichelle ». L'hostilité des villageoises envers cette étrangère bien plus belle qu'aucune d'entre elles était évidente. Les chicaneries se muèrent en âpres querelles. Des deux côtés, l'animosité grandissait.

– Meg, suggérais-je, mieux vaut que je me charge des courses. Tu attires trop l'attention sur toi. Si tu ne vivais pas chez moi, et si je n'étais pas l'Épouvanteur, on t'aurait déjà accusée de sorcellerie. Tu finiras dans les cachots du château de Caster, si tu n'y prends pas garde.

– Je suis capable de me défendre, John, tu le sais, me répliquait-elle. Tu voudrais me garder confinée dans cette maison et ce jardin à cause de quelques mégères qui m'ont prise en grippe ? Non, je ne céderai pas !

En bonne sorcière, elle finit par utiliser des sortilèges contre ses ennemies. L'une d'elles eut une éruption de furoncles ; une autre, une ménagère obsédée par la propreté, vit sa cuisine infestée de cafards. Rien de bien méchant. Mais on commença à murmurer.

Puis une femme cracha sur Meg dans la rue et reçut une bonne claque en retour.

Les choses en seraient sans doute restées là si la femme en question n'avait été la sœur de l'officier de police.

Un matin, la cloche sonna au carrefour des saules, et je m'y rendis pour savoir qui requérait mes services. Au lieu d'un pauvre fermier tourmenté par quelque gobelin, je découvris notre corpulent gendarme, la matraque à la ceinture, les poings sur les hanches.

– Monsieur Gregory, on a porté à ma connaissance que vous hébergiez une sorcière, déclara-t-il d'un air faraud. La personne connue sous le nom de Margery Skelton a usé de sortilèges contre d'honnêtes femmes de notre commune. On l'a vue aussi, par une nuit de pleine lune, ramasser des herbes et danser nue au bord de la mare, près de la ferme de Homeslack. Je suis ici pour l'arrêter et vous prie de me l'amener immédiatement.

– Elle n'habite plus chez moi, dis-je. Elle s'est rendue à Sunderland pour embarquer vers son pays d'origine, la Grèce.

C'était un pur mensonge, mais il n'était pas question que je lui livre Meg. Il l'aurait emmenée à Caster, où elle aurait fini au bout d'une corde.

Le bonhomme parut fort mécontent. Il devait pourtant se satisfaire de ma déclaration. Étant de la commune, il n'aurait jamais eu l'audace de pénétrer chez moi par peur de ce qu'il pourrait y rencontrer. Des générations d'épouvanteurs avaient vécu et travaillé à Chipenden ; les habitants croyaient la maison et ses jardins hantés par des créatures de l'obscur. Il repartit donc, bredouille et beaucoup moins fier. Désormais, je devais garder Meg à l'écart du village. La tâche se révéla difficile et fut la cause de maintes disputes entre nous. Puis les choses commencèrent à mal tourner.

Sur les instances de sa sœur, le gendarme était allé à Caster déposer une plainte auprès du juge. À la suite de quoi on délégua un jeune officier de police, muni d'un mandat d'arrêt. Le forgeron du village m'ayant averti, je pris mes dispositions pour éloigner Meg au plus vite.

Mon ancien maître m'avait légué une autre maison, à la lisière de la lande d'Anglezarke. Je n'y avais séjourné qu'une fois et l'avait jugée peu confortable. À présent, elle allait m'être utile. À la fin de l'automne, Meg et moi prîmes la route d'Anglezarke au milieu de la nuit.

C'était un endroit sinistre, venteux, isolé par le gel et la neige pendant les longs mois d'hiver. La maison, dépourvue de jardin, était bâtie dans un ravin, adossée à une paroi rocheuse qui la gardait dans l'ombre presque toute la journée. Elle comprenait dix chambres, dont une au grenier, et plusieurs niveaux de cave. Même en allumant du feu dans toutes les cheminées, les pièces restaient froides et humides. Impossible d'y conserver des livres. Néanmoins, nous nous installâmes de notre mieux et fûmes heureux quelque temps. Jusqu'à ce qu'une circonstance inattendue me compliquât encore la vie.

Meg avait, à mon insu, écrit à sa sœur en lui donnant notre nouvelle adresse. Un jour, je la découvris qui marchait de long en large dans la cuisine, serrant une lettre contre sa poitrine.

– Qu'est-ce qui t'agite ainsi ? demandai-je.

– C'est ma sœur, Marcia, avoua-t-elle enfin. Si on ne lui vient pas en aide, elle va être massacrée, c'est sûr. Peut-elle venir vivre avec nous ?

Je grommelai intérieurement. Sa sœur ? Une deuxième sorcière lamia !

– Où est-elle, en ce moment ?

– Loin d'ici, tout au nord du Comté. Elle a trouvé où se cacher, mais ceux qui la protègent sont en danger. Il y a un inquisiteur dans la région, et il a des soupçons. Une battue se prépare. S'il te plaît, dis-moi qu'elle peut venir ici ! S'il te plaît ! Elle est ma seule famille…

Les inquisiteurs travaillaient pour l'Église, traquant et brûlant les sorcières. Je n'aimais pas ces hommes, ils auraient volontiers brûlé aussi les épouvanteurs. Ils étaient corrompus, s'entendaient avec des voisins jaloux pour condamner des femmes innocentes, et s'enrichissaient en confisquant leurs biens.

Je finis par me laisser fléchir :

– Soit, qu'elle vienne jusqu'à ce que le danger soit passé.

J'étais trop amoureux de Meg pour lui refuser quoi que ce fût.

Elle écrivit donc. La réponse lui parvint à la fin de la semaine. Sa sœur arrivait par la diligence. Nous devions l'attendre sur la route de Bolton, à la lisière de la lande.

– Elle voyagera de nuit, dit Meg. C'est plus sûr...

3

Pas plus dangereuse qu'un petit chat

Peu après minuit, transis, nous battions la semelle au carrefour, guettant la diligence qui nous amènerait la lamia. Si la neige couvrait encore le sol, il n'était rien tombé depuis trois jours. On pouvait espérer que la route serait praticable. Enfin, nous vîmes le véhicule approcher, au loin. L'attelage de six chevaux fumait dans l'air froid de la nuit.

Je pensais voir Marcia apparaître à la portière. Au lieu de quoi, le cocher et son assistant sautèrent à terre et se mirent à dénouer des cordes qui retenaient à l'arrière une sorte de long coffre noir. Ils le déposèrent à nos pieds. C'était un cercueil...

Sans un mot, les deux hommes remontèrent sur leur siège. Le cocher fit claquer son fouet. L'attelage s'ébranla, effectua un demi-tour, et la diligence disparut sur la route par où elle était venue. Un froid glacial s'était répandu dans mes veines, pire que celui qui mordait mon front et mes joues.

— Ne me dis pas qu'elle est là-dedans..., soufflai-je.

— Si. C'était le seul moyen pour elle de faire partie des passagers sans être repérée.

— C'est une lamia sauvage, n'est-ce pas ?

Meg hocha la tête.

— Pourquoi ne me l'as-tu pas dit ?

— Parce que tu ne lui aurais jamais permis de vivre avec nous.

Jurant entre mes dents, j'aidai Meg à porter le cercueil jusqu'à la maison. La beauté de Meg n'avait d'égale que sa force. Dès notre retour, elle se hâta d'arracher le couvercle à mains nues.

Je me tenais derrière elle, mon bâton en position de défense.

— Tu sauras la contrôler ? demandai-je.

— Elle n'est pas plus dangereuse qu'un petit chat, répondit-elle en souriant.

Elle recula pour permettre à Marcia de s'extraire du cercueil.

C'était la première fois que je voyais une lamia sous sa forme sauvage. Mon maître m'en avait fait une description, et j'avais lu des chapitres sur ce sujet dans les livres de sa bibliothèque. Pourtant, je n'étais pas préparé à ce spectacle.

Marcia n'avait plus rien d'humain. Elle se balançait, comme prête à bondir, sur quatre membres maigres terminés par une large main, aux doigts garnis d'une griffe recourbée. Des écailles vertes et jaunes luisaient sur son dos ; une sorte de crinière grasse, hirsute lui couvrait les épaules et traînait à terre. Elle leva vers nous une face de cauchemar aux traits émaciés, et ses petits yeux nous dévisagèrent l'un après l'autre, sous les paupières tombantes.

Marcia élut d'abord domicile dans la pièce du grenier, et la première semaine se passa sans problèmes. Une lamia sauvage a le pouvoir d'attirer les oiseaux. Ils se posent auprès d'elle et attendent, soumis, incapables de s'envoler, qu'elle leur arrache les ailes et les pattes avant de les dévorer. Le grenier était muni d'une grande lucarne. J'écoutais avec angoisse la rumeur des volatiles rassemblés sur le toit, leurs pépiements d'horreur quand elle se saisissait d'eux.

Puis il y eut les rats. Elle attirait aussi les rats. Ils escaladaient les gouttières en couinant d'excitation. Ils suivaient ensuite le même chemin que les oiseaux, tombaient par la lucarne et galopaient sur le plancher. Chaque soir, j'entendais Marcia les poursuivre. Meg levait alors les yeux de son métier à tisser en souriant :

– Elle les aime bien juteux, ma petite sœur. La chasse lui plaît autant que la dégustation.

Une fois par semaine, Meg apportait à Marcia de la viande crue fournie par le boucher afin d'enrichir son ordinaire. Elle prenait bien soin de sa sœur, balayait régulièrement le plancher de sa chambre pour le débarrasser des plumes et des peaux. Je n'appréciais guère cette situation, mais je ne voulais pas perdre Meg. Et je me persuadais qu'une lamia sauvage était moins dangereuse dans un grenier qu'en liberté à travers le Comté.

Or, au cœur d'une nuit sans lune, Marcia s'échappa par la lucarne, courut sur la lande et tua un mouton. En traînant la carcasse jusqu'à la maison, elle laissa derrière elle un sillage sanglant. Par chance, il neigea avant l'aube, ce qui effaça les traces. Le fermier mit probablement la perte de sa bête sur le compte d'un loup ou d'un chien errant, dont des meutes se rassemblaient parfois, l'hiver, près d'Anglezarke.

Meg sermonna sévèrement sa sœur, et celle-ci promit de ne plus jamais sortir.

Une semaine plus tard, Marcia descendit l'escalier pour la première fois.

J'étais assis près de Meg, contemplant le feu, quand j'entendis sur les marches un bruit insolite : un claquement de souliers. Je me retournai.

Marcia nous observait depuis le seuil. On aurait dit une bête sauvage qui aurait décidé d'enfiler des vêtements humains et n'aurait pas encore appris à se tenir correctement debout.

– Approche, ma sœur, l'invita Meg. Viens te chauffer près du feu.

Je fus frappé par sa nouvelle apparence. Les lamias ne changent de forme que lentement. Mais les semaines vécues à la maison, et les longues heures passées en compagnie de sa sœur avaient métamorphosé Marcia de façon significative. Elle avait emprunté à Meg une paire de souliers aux bouts pointus et une de ses robes. La jupe au-dessus du genou et les manches courtes dévoilaient ses membres, devenus beaucoup plus charnus. Elle s'était coupé les cheveux. Ses longues griffes étaient tout ce qui restait de son aspect antérieur, et son visage presque humain avait une sorte de beauté sauvage.

Marcia vint s'asseoir et me lança un regard en coin. Elle m'adressa un sourire crispé avant de se lécher les lèvres :

– On pourrait le partager, ma sœur, qu'en dis-tu ? Un homme pour deux. Pourquoi pas ?

– Il est à moi, rétorqua Meg. Je ne le partage avec personne, pas même avec ma sœur.

C'est sans doute ce qui provoqua la méfiance de Meg ; ce qui la poussa à m'éveiller au milieu de la nuit pour m'avertir du danger.

– Marcia n'est plus au grenier, me dit-elle à voix basse. Elle est partie sur la lande, en quête de nourriture.

– Il ne faudrait pas qu'elle tue un autre mouton, grognai-je en balançant mes jambes hors du lit.

Je me hâtai d'enfiler mes bottes. Marcia, en dépit de sa métamorphose, avait toujours des appétits sauvages.

– Non, reprit Meg. C'est pire. Bien pire. Elle a jeté son dévolu sur un enfant. Elle l'a repéré dans une ferme la nuit où elle a tué le mouton.

– Depuis quand est-elle partie ?

– Quelques minutes, pas plus. J'ai entendu du bruit sur le toit et je suis montée au grenier ; il était vide.

Les traces de Marcia étaient faciles à suivre, dans la neige. Désireuse de m'aider, Meg était venue avec moi.

– Si elle tue un enfant, gémit-elle, on finira par la retrouver et son sort sera réglé. Il nous faudra fuir de nouveau.

– Peut-être, mais préoccupons-nous d'abord de ce pauvre petit et de sa famille, répliquai-je avec colère.

Je pressai le pas, oppressé par l'angoisse d'arriver trop tard.

Les empreintes nous conduisirent jusqu'à la cour de la ferme. Nous vîmes alors Marcia, accroupie dans l'ombre de la grange, qui surveillait une fenêtre – certainement celle de la chambre où dormait sa proie. Je lâchai un soupir de soulagement. Nous pouvions encore sauver l'enfant.

– Non, ma sœur, tu vas trop loin, l'apostropha Meg, à voix basse pour ne pas alerter la maisonnée. Reviens avec nous, maintenant!

Mais la soif de sang tenaillait Marcia; les mots n'avaient plus aucun pouvoir sur elle. Elle siffla de colère et leva les yeux vers la fenêtre. Soudain, elle se débarrassa de ses souliers pointus et escalada le mur, s'accrochant à la pierre avec ses griffes.

D'un coup de poing, elle brisa la vitre. Puis elle agrippa le cadre de la fenêtre, l'arracha et le jeta dans la cour, où il s'écrasa avec fracas. Elle s'introduisit dans la chambre, et l'on entendit un hurlement de terreur. L'instant d'après, elle sautait par l'ouverture. Elle atterrit devant moi, l'enfant coincé sous son bras. C'était un bébé, et il braillait de toute la force de ses poumons.

– Donne-moi le petit, Marcia, ordonnai-je en la menaçant avec la lame de mon bâton.

Elle hésita et m'aurait peut-être obéi si le fermier n'avait fait irruption, brandissant un gourdin. Derrière lui, sa femme se lamentait telle une banshie. L'homme s'avança vers Marcia, qui lui lança un coup de patte. Les griffes de la lamia lui ouvrirent le front jusqu'à l'os. Il tomba à genoux, aveuglé par le sang, tandis que sa femme sanglotait et s'arrachait les cheveux.

Marcia en profita pour traverser la cour au galop. Je courus à sa poursuite. Elle se dirigea vers une colline et me distança rapidement malgré tous mes efforts. L'épaisseur de la neige m'obligeait à ralentir. Un coup d'œil en arrière m'apprit que Meg me rattrapait. Quand elle parvint à ma hauteur, je lui lançai hargneusement :

– Si ta sœur tue ce bébé, je lui transpercerai le cœur ! Fais quelque chose, tout de suite ! Sinon, elle est morte.

Et je pensai chacun de ces mots.

Pour toute réponse, Meg me dépassa. Plus rapide que moi, elle avait presque rattrapé sa sœur. Elles franchirent le sommet, et je les perdis de vue.

Lorsque je les aperçus de nouveau, elles poussaient des cris à vous glacer les os. Elles se battaient, à coups de dents, à coups de griffes, et des éclaboussures sanglantes souillaient la neige. Où était l'enfant ?

Je le vis enfin, couché à même le sol, pleurant toujours. Mon premier mouvement fut de prendre le bébé et de l'emporter loin du danger. Mais les deux sorcières avaient reculé, s'affrontant du regard. C'était l'instant ou jamais.

D'un vif mouvement du poignet, je lançai ma chaîne d'argent sur Marcia. C'était celle que j'avais héritée de mon maître, même si j'en avais une à moi désormais, celle qui avait lié Meg dans la tour et dont je m'étais servie pour l'entraver une deuxième fois. J'avais bien visé. La chaîne s'enroula autour de la lamia, la ligotant étroitement. Elle tomba dans la neige.

Meg essuya le sang qui maculait son visage. Puis elle prit l'enfant dans ses bras, et lui chuchota des mots à l'oreille. Je ne comprenais pas ce qu'elle disait ; en tout cas ce fut efficace. Au bout de quelques secondes, le petit se tut, ferma les yeux et se nicha dans le creux de son cou.

Je jetai Marcia comme un sac par-dessus mon épaule, et nous retournâmes à la ferme.

La mère pleura plus fort que jamais, mais c'était des pleurs de joie.

– Merci ! Merci ! hoquetait-elle. J'ai cru ne jamais revoir ma petite fille ! Et mon pauvre mari ! Il a eu la peur de sa vie !

Aurait-elle été aussi reconnaissante si elle avait su que j'avais abrité dans ma propre maison la créature qui avait enlevé son enfant ?

Avec Meg, silencieuse, à mes côtés, je regagnai ma demeure, plongé dans de sombres pensées.

Une fois rentré, je fis part à Meg de mes résolutions :

– Au fond de la cave, il y a des tombes et des fosses préparées pour recevoir des gobelins et des sorcières. Pour le moment, elles sont vides. Mon maître, Henry Horrocks, les avait creusées en prévision du travail qu'il ferait dans la région. Mais, après avoir séjourné ici quelque temps, il en a conclu qu'il n'aimait pas cette maison. Les fosses n'ont donc jamais servi...

– Non, John, ne fais pas ça, me supplia-t-elle. Ne mets pas ma sœur au fond d'un trou !

– Je lui laisse une chance – une seule ! – d'échapper à la fosse. Il y a des chambres, au premier niveau de la cave. Qu'elle en occupe une, elle y vivra assez confortablement. La grille de fer qui ferme l'escalier l'empêchera de sortir. Nous serons tranquilles, et le voisinage n'aura rien à craindre.

C'est ce que nous fîmes. Une lamia redoute moins le contact du fer que les autres sorcières, mais la grille était solide. Marcia ne nuirait plus à personne. Meg voulut, bien sûr, rendre visite à sa sœur chaque jour. Elle allait bavarder avec elle, lui apportait de la viande fraîche et des abats achetés chez le boucher.

Marcia ne pouvait attirer les oiseaux dans cette cave, mais, en voyant le nombre de peaux dont Meg se débarrassait, je compris qu'elle mangeait beaucoup de rats.

L'hiver s'écoula ainsi. Les jours rallongeaient peu à peu. On m'appelait parfois ici ou là. Je chassai un gobelin frappeur et tuai un éventreur. Il y avait pas mal de travail, sur la lande d'Anglezarke, mais Chipenden requérait aussi mes services. Pouvais-je laisser Meg ici le temps de retourner au village pour une courte visite de printemps ?

Les choses se décidèrent d'elles-mêmes d'une façon assez inattendue. Comme à Chipenden, la situation s'envenimait. Meg s'était querellée avec des femmes d'Adlington. Cette fois, personne n'appela les gendarmes, car les gens du coin ne supportent pas qu'on se mêle de leurs affaires ; ils préfèrent régler leurs problèmes eux-mêmes.

Meg aimait toujours faire les courses, mais, pour lui éviter de porter de lourdes charges, j'employais Bill Battersby, un homme à tout faire, qui me livrait légumes et pommes de terre. C'est lui qui m'apprit ce qui se passait. Au début, ce n'était que les accusations habituelles : usage de sortilèges – une femme souffrait de terreurs nocturnes, une autre n'osait plus sortir de chez elle. Puis il y eut autre chose...

– Votre Meg exagère, me révéla Battersby. Elle a jeté son dévolu sur le mari d'une villageoise.
– Quoi ? Expliquez-vous !

Ces mots m'avaient déchiré le cœur. J'avais parfaitement compris. Simplement, je ne voulais pas le croire.

– Elle s'est entichée de Dan Crumbleholme, le tanneur. Sa femme, Dolly, les a surpris ensemble, et on les a vus s'embrasser derrière la tannerie. Les gens ne vont pas supporter ça. Ils disent qu'elle a usé de sorcellerie pour le séduire. Si ça continue...

J'insultai Battersby et le renvoyai, refusant l'idée que Meg pût me tromper. Mais j'avais remarqué qu'elle allait souvent faire des courses au coucher du soleil, ce que je ne m'expliquais pas.

Le lendemain, je résolus de la suivre.

Elle avait enfilé une paire de souliers pointus qu'elle avait achetés la semaine précédente. Elle les portait pour la première fois, et je ne pouvais m'empêcher d'admirer la finesse de ses chevilles. Je gardais mes distances, car je risquais à tout instant d'être repéré. Le septième fils d'un septième fils est en partie prémuni contre le pouvoir des sorcières, mais Meg était d'une force exceptionnelle, et je devais rester vigilant.

Elle fit ses emplettes. Dans chaque boutique, elle était la dernière cliente, et je commençais à être rassuré. Sans doute cherchait-elle seulement à éviter la foule et les querelles avec les autres femmes. Mon soulagement ne dura pas. À la fin, elle se rendit à la tannerie. Pire, elle ne frappa même pas à la porte de devant, déjà verrouillée pour la nuit. Elle se dirigea directement vers l'arrière-cour.

J'attendis un peu avant de la suivre. J'avais à peine tourné le coin que la porte de derrière claqua. Elle sortit.

– Que fais-tu là, Meg ? lançai-je.

– Rien. Rien du tout, se défendit-elle. J'ai besoin de cuir souple pour me coudre un nouveau sac, c'est tout. La boutique était fermée, alors je suis passée par-derrière. Dan a eu la gentillesse de prendre ma commande, malgré l'heure tardive.

Je ne la crus pas. Elle paraissait agitée, ce qui ne lui ressemblait pas. Nous nous querellâmes. Après un vif échange de mots, la froideur s'installa entre nous, plus mordante que celle qui régnait sur la lande d'Anglezarke. Trois jours plus tard, en dépit de mes protestations, Meg partit de nouveau.

Cette fois, une dizaine de femmes du village lui tombèrent dessus sur la place du marché. Bill Battersby me raconta plus tard qu'elle s'était défendue à coups de poings comme un homme, mais aussi à coups de griffes comme un chat, manquant d'éborgner la meneuse du groupe. On l'avait finalement assommée avec un pavé et ligotée à l'aide de cordes.

Seule une chaîne d'argent peut réellement maintenir une sorcière. Les femmes avaient tout de même eu le temps de l'emporter jusqu'à l'étang ; après avoir brisé la glace avec des pierres, elles avaient jeté Meg à l'eau. Si elle coulait, elle serait reconnue innocente ; si elle flottait, elle serait brûlée.

Meg flotta, mais le visage dans l'eau. Au bout de cinq minutes, voyant qu'elle ne bougeait pas, les femmes la crurent noyée et s'estimèrent satisfaites. De toute façon, elles n'auraient pas eu le courage de la brûler. Elles l'abandonnèrent donc où elle était.

C'est Battersby qui la tira de l'étang. Elle aurait dû être morte, sans son incroyable résistance. À sa grande stupeur, il la vit bientôt tousser, recracher l'eau sur la rive boueuse. Il me la ramena sur le dos de son poney, dans un état pitoyable. Quelques heures plus tard, totalement rétablie, elle commençait à ourdir sa vengeance.

J'avais déjà longuement réfléchi à diverses solutions. Je pouvais la jeter dehors, l'envoyer courir sa chance à travers le monde. Mais cela m'aurait brisé le cœur, car je l'aimais toujours. Et je devais reconnaître qu'elle n'était pas entièrement responsable. Une telle beauté ne pouvait qu'attirer les hommes. La tentation, pour elle, était donc bien plus grande que pour la plupart des femmes.

Je finis par trouver une solution. Une certaine plante, préparée en tisane, plonge une sorcière dans un profond sommeil pendant plusieurs mois. À plus faible dose, elle lui laisse la possibilité de marcher et de parler, tout en affectant sa mémoire, de sorte qu'elle oublie sa connaissance des arts obscurs. Je décidai d'employer cette méthode.

J'eus du mal à équilibrer le dosage. Et je me désolai de voir Meg devenue aussi docile, dépourvue de ce caractère fougueux qui m'avait tant séduit. À tel point qu'elle me semblait parfois devenue une étrangère. Le plus douloureux fut de me résoudre à l'abandonner à Anglezarke pour retourner passer l'été à Chipenden. Je le devais, pourtant, sinon elle serait reprise par la justice. Je redoutais qu'on l'emmène à Caster pour y être pendue. Je l'enfermai dans une des chambres sans lumière de la cave, plongée dans une transe si profonde qu'elle respirait à peine.

– Adieu, Meg, lui murmurai-je à l'oreille. Rêve de notre jardin de Chipenden, où nous avons été si heureux. Nous nous reverrons à l'automne.

Quant à sa sœur, Marcia, en dépit de ma promesse, j'embauchai un maçon et un forgeron, et je l'enfermai dans une fosse, tout au fond de la cave. C'était la seule solution. Je ne pouvais courir le risque qu'elle brisât la grille. Sans environnement humain ni contact avec une lamia domestique, elle retournerait progressivement à l'état sauvage. Elle ne mourrait pas de faim, elle ne manquerait jamais de rats.

Je partis à Chipenden, le cœur lourd. Bien qu'ayant expérimenté tout l'hiver les effets de la tisane, je craignais toujours d'avoir mal calculé la dose. Trop forte, Meg cesserait de respirer ; trop faible, elle s'éveillerait, seule dans une cellule obscure, obligée d'attendre mon retour pendant de longues semaines. Je vécus notre séparation forcée dans le chagrin et l'anxiété.

Par chance, le dosage était le bon. Lorsque je revins, à la fin de l'automne, Meg s'éveillait. Je lui avais imposé une dure épreuve ; du moins ne fut-elle pas pendue. Et le Comté n'eut pas à subir les méfaits qu'elle aurait pu lui infliger.

La leçon à tirer de tout cela, je veux que mes apprentis en prennent bonne note. Un épouvanteur ne doit jamais s'attacher à une sorcière par un lien sentimental. Cela compromet sa position et l'entraîne dangereusement vers l'obscur. J'ai plus d'une fois manqué à mes devoirs envers le Comté, mais ma relation avec Meg Skelton a été ma plus grande faute. Oui, cette histoire devait être contée, et je suis soulagé que mon récit soit achevé.

Méfiez-vous toujours des femmes qui portent des souliers pointus !

Dora la Cracheuse

Je m'appelle Dora la Cracheuse, je suis une sorcière morte.

On m'a surnommée ainsi parce que je marque mon territoire avec de gros crachats gluants. Quand je sens l'odeur de ma bave, je sais que je suis chez moi, en sécurité dans ce coin de la combe. Je la renifle dans le noir, à l'heure où je sors à quatre pattes de mon trou.

Bien que je sois morte et refroidie depuis longtemps, et que je vive sous un tas de feuilles pourries dans la Combe aux Sorcières, je suis assez vigoureuse pour m'en éloigner. Je vais vous conter mon histoire tant que j'en ai encore la force.

La nuit, je pars habituellement à la chasse au sang frais. Une ou deux fois par semaine, cependant, je gagne le confortable cottage où habite ma sœur, Aggy. Nous parlons du bon vieux temps pendant que mes vêtements humides fument devant la cheminée. Puis, après qu'Aggy a peigné mes cheveux pour les débarrasser des insectes, je m'applique à noter mes souvenirs. Je voudrais les mettre par écrit avant qu'ils aient totalement déserté ma mémoire ou que je ne puisse plus du tout tenir une plume. Nous, les sorcières mortes, tombons peu à peu en décomposition. Ce sont souvent nos mains qui se détachent en premier. Beaucoup d'entre nous rampent dans la combe avec des morceaux de corps en moins. L'une d'elles a même perdu sa tête.

Je me rappelle principalement trois choses. Trois évènements marquants. Le reste s'est effacé.

1
Mes sabbats

Je vous parlerai d'abord de mes sabbats, au temps de ma jeunesse.

Les quatre plus importants sont la Chandeleur, les Walpurgis, les Lammas et Halloween. Ces nuits-là, les sorcières de Pendle se réunissent. Pas toutes ensemble, néanmoins. Les différents clans ne s'entendent pas. Ils tiennent donc leur assemblée dans des lieux différents. Nous, les Deane, nous allumons un grand feu à l'extérieur de notre village. Les treize membres du Conventus s'assoient en cercle autour du brasier et se réchauffent à sa chaleur, tandis que les autres sorcières du clan se tiennent plus ou moins en arrière, selon leur âge et leur pouvoir.

On tue un agneau. On lui tranche la gorge, et on se barbouille de sang chaud le visage et les mains. Dès que la carcasse a été jetée au feu, on lance à grands cris des malédictions vers le ciel pour qu'elles retombent sur nos ennemis, qu'elles flétrissent leurs corps et fassent pourrir leurs membres. C'est très excitant. J'aimais ces instants plus que tout, quand j'étais jeune.

Le sabbat d'Halloween était cependant mon préféré, car le Malin nous rendait parfois visite. On lui donne bien des noms. Certaines le surnomment le Vieux Nick. Pour les humains ordinaires, il est simplement le Diable.

Il ne restait jamais longtemps, mais c'était déjà un bonheur de l'entrevoir. Les sorcières désirent toutes avoir cette chance au moins une fois dans leur vie. Il est grand, très grand, couvert d'une magnifique fourrure luisante. Il a une queue, des sabots. Et sa puanteur est délectable, plus fétide que la pisse de chat ! Il surgissait au milieu des flammes, et les membres du Conventus avançaient la main pour le toucher, sans se soucier des brûlures.

Je me souviens de la nuit où tout bascula. La nuit où une ennemie s'introduisit dans notre assemblée. Personne n'avait flairé son approche. Le Malin venait d'apparaître, et tous les yeux étaient tournés vers lui, tandis qu'une silhouette sortie des ténèbres s'élançait vers le feu.

C'était une jeune femme à la mine farouche, aux longs cheveux flottants. Elle tenait trois couteaux, un dans chaque main et le troisième entre les dents. Avant que quiconque ait pu réagir, elle sauta dans les flammes. Elle planta une de ses lames dans la poitrine du Malin, l'enfonçant jusqu'à la garde. J'entendis son cri, un hurlement si strident que le ciel, au-dessus de nos têtes, se fendit. Un éclair fourchu jaillit, et la terre trembla sous nos pieds.

La femme en furie abattit ses autres lames. Je n'étais pas assez près pour bien voir, mais on me dit ensuite que chacune avait atteint sa cible : l'une avait frappé le Malin au cou, l'autre s'était enfoncée dans l'une de ses fesses velues. S'il ne s'était pas retourné au dernier moment, la blessure aurait été bien pire.

Qu'il ne l'eût pas tuée sur-le-champ reste un mystère. Il disparut, voilà tout. Au même instant, le feu s'éteignit, nous plongeant dans l'obscurité. C'est ainsi que la folle aux couteaux réussit à s'enfuir.

Nous retirâmes des braises les trois lames. Chacune avait une pointe en argent. Nous utilisâmes nos meilleurs sorts de scrutation, sans réussir à apprendre qui était cette femme ni où elle était partie. Elle s'était enveloppée d'une puissante magie.

Plus tard, nous envoyâmes des tueuses à ses trousses, trois à la suite en l'espace de quelques jours. Aucune d'elles ne revint. Les traces de la fugitive refroidirent, et nos traqueuses les plus habiles ne purent la retrouver. Après cela, le Malin resta absent pendant cinq ans. Quelle triste époque ! Notre magie s'affaiblit, des membres du Conventus moururent, emportés par la maladie. Nous pensions que le Malin se vengeait parce que nous n'avions pas su empêcher l'attaque de l'intruse. Nous n'avions pas assuré sa sécurité.

Pourquoi avait-elle agi ainsi, personne ne le savait. Ou, si certains le savaient, ils n'en dirent rien. J'avais pu apercevoir son visage quand elle m'avait dépassée en bondissant vers le feu. Elle était jeune, tout juste une jeune fille. Curieusement, il m'avait semblé la connaître. Je l'avais déjà vue quelque part. J'aurais presque pu dire son nom. Je l'avais sur le bout de la langue.

Avant son incursion, nous avions connu tant de bons moments ! Ces joyeuses assemblées me manquent. Et, plus que tout, ces instants où nous lancions nos malédictions, où le Malin apparaissait. Si j'avais vécu assez longtemps pour devenir membre du Conventus, peut-être même aurais-je pu le toucher de ma main... Hélas ! cela ne devait pas être. La folle avait tout gâché.

Je ne m'en doutais pas, mais ma vie arrivait à son terme.

2
Mon destin

Personne n'échappe à sa destinée. Ce qui doit advenir advient. Nous, les sorcières, nous avons le don de flairer le danger, de prédire l'avenir. Mais peu d'entre nous voient approcher leur propre mort.

Il y a plus de soixante-dix ans, avant même la naissance de ma mère, un inquisiteur du nom de Wilkinson arriva à Pendle. Il voulait détruire les clans une fois pour toutes. Il réunit donc des prêtres et trente gendarmes, armés jusqu'aux dents et bien déterminés à tuer les sorcières.

Ayant établi son quartier général à Downham, il commença ses arrestations dans les villages où vivent les trois clans : Goldshaw Booth, Roughlee et Bareleigh. Cependant, les membres des clans n'étant pas tous liés à la sorcellerie, il les soumit à différentes épreuves pour les sélectionner. Il fit jeter à l'eau une douzaine de femmes. Trois se noyèrent et une mourut de fièvre peu après. Trois autres coulèrent mais furent repêchées plus mortes que vives. Les cinq qui flottèrent furent jugées, reconnues coupables et pendues au château de Caster. Mais cette méthode n'a aucune valeur. Une seule des condamnées était vraiment sorcière. Peu importait à Wilkinson, un homme avide et cruel. Il saisit les maisons et les biens de ses cinq victimes, les vendit et garda l'argent pour lui.

Après quoi, les arrestations continuèrent, principalement dans le clan des Malkin. Cette fois, il utilisa le test de l'aiguille : on enfonce une pointe acérée dans la chair des suspectes jusqu'à trouver l'endroit où elles ne sentent pas la douleur, appelé « la marque du Diable ». Encore un non-sens, bien sûr. Mais l'inquisiteur y prenait grand plaisir.

Toutefois, les clans n'étaient pas prêts à se laisser faire. Ils décrétèrent une trêve, ramassèrent leurs mortes et les enterrèrent dans la Combe aux Sorcières. Il semble qu'un sortilège – de quel genre, je l'ignore – força Wilkinson et ses hommes, qui retournaient à Downham de nuit, à passer par la combe. Les sorcières mortes gisaient sous la terre, assoiffées de sang.

La moitié des hommes furent massacrés. Wilkinson survécut. Plus tard, des gens de la ville vinrent chercher les corps – à la lumière du jour, bien sûr, par une journée ensoleillée. Les cadavres étaient vidés de leur sang et amputés de leurs pouces.

L'inquisiteur, craignant pour sa vie, quitta la région en hâte. Cependant, les clans n'en avaient pas fini avec lui. Les Malkin lancèrent sur lui et ses sbires une puissante malédiction. Dans les treize mois qui suivirent, les rescapés moururent les uns après les autres. Certains furent victimes d'accidents, d'autres disparurent tout bonnement de la surface de la terre, sans doute tués par une lame meurtrière. Wilkinson fut le dernier. Il eut une agonie particulièrement horrible. Son nez et ses doigts tombèrent, ses oreilles noircirent et se racornirent. Plus effrayé de continuer à vivre que de mourir, il tenta de se pendre, mais la corde se rompit. Fou de peur et de douleur, il finit par se jeter dans un étang. La vengeance des clans était complète. Personne, pensaient-ils, n'oserait plus s'en prendre à eux.

Les années passèrent, et leur confiance grandit.

Oui, nous étions bien trop sûrs de nous, moi comme les autres. C'était une erreur, et j'en payai le prix. Je ne vis pas venir mon propre destin.

Un matin, je mendiais au portail d'une ferme, dans les faubourgs de Downham. C'était ma troisième visite en moins d'une semaine, et je tenais ce bon vieux fermier par la terreur, le menaçant de faire pourrir ses récoltes et mourir son bétail. J'avais d'abord demandé des œufs. Puis j'avais réclamé un gigot d'agneau. Cette fois, j'exigeai sa cagnotte.

Les fermiers sont sans cesse à se plaindre de leur pauvreté, bien que la plupart aient caché quelque part un bas de laine bien garni.

– Aujourd'hui, je veux de l'argent, dis-je. Rien d'autre.

Il protesta :

– De l'argent ? Je n'en ai pas ! Je peux à peine joindre les deux bouts. Vous avez déjà ôté la nourriture de la bouche de mes enfants.

– Ah, tu as des enfants ? repris-je avec un sourire mauvais. J'espère qu'ils sont en bonne santé. Combien en as-tu ?

Ses mains et sa lèvre inférieure commencèrent à trembler telles des feuilles au vent d'automne.

– Deux filles, répondit-il. Et un bébé qui va naître.

– Tu me parais un peu vieux pour devenir père. Ton épouse est jeune, je suppose.

Il y eut alors un mouvement, sur le seuil de la maison. Une femme sortit, dans la lumière du soir, et se mit à étendre du linge. Elle était replète, courtaude et sans beauté, mais devait avoir la moitié de l'âge de son mari.

– Donne-moi ton argent ou ça ira mal pour toi, le menaçai-je.

Il refusa de la tête. Mais il ne savait visiblement pas comment s'en tirer, un mélange de peur et de défiance sur le visage. Je revins à l'assaut :

– Tu ne voudrais pas qu'il arrive quelque chose au petit être sans défense que ta femme porte dans son ventre, n'est-ce pas ? Et elle ? Est-elle forte ? Imagine qu'elle meure en couches... Comment dirigerais-tu cette ferme, tout seul, avec de jeunes enfants à élever ?

– Fiche le camp d'ici ! cria-t-il en levant son bâton.

– Je te laisse encore une chance. Je reviendrai demain à la même heure. Je ne te dépouillerai pas de tout ton argent, je ne suis pas si exigeante. La moitié me suffira. Tiens la somme à ma disposition, sinon sois prêt à en subir les conséquences.

J'aurais dû prévoir ce qui se préparait. Le vent puant de la destinée soufflait sur moi, et je ne le sentais pas.

Le lendemain soir, le fermier m'attendait au portail. Il avait les mains vides. Où était la bourse gonflée de pièces qu'il devait me remettre ?

– Tu commets une grave erreur, grinçai-je, la lèvre retroussée. J'ai une bonne malédiction en réserve pour toi, vieil homme. La chair de ta femme va pourrir et se détacher de ses os...

Il ne répondit pas. Il n'avait même pas l'air effrayé, tout juste un peu nerveux. J'ouvris la bouche pour lancer la formule. Un martèlement de bottes résonna alors derrière moi. Je me retournai. Une dizaine d'hommes approchaient en courant, armés de gourdins. Ils se déployèrent en arc de cercle, m'ôtant toute possibilité de fuite.

Très bien ! J'allais leur montrer. Je sautai par-dessus la clôture et courus vers la maison. La femme était à l'intérieur, et, mieux encore, les deux fillettes. J'allais les prendre en otages, me servir d'elles pour m'échapper. J'avais dans ma manche gauche le couteau à lame aiguisée qui me servait à couper les pouces de mes victimes. Je m'apprêtais à franchir la porte quand je m'arrêtai net.

Un homme se dressait devant moi ; un autre, près de lui, tenait un gros bâton. Ils s'avancèrent d'une démarche assurée. Derrière moi, les autres étaient entrés dans la cour. Je fus vite encerclée. Je me battis comme une furie, je virevoltais, les tailladais à coups de couteau. Mais ils étaient trop nombreux, trop forts. L'un d'eux m'arracha ma lame des mains. Les coups de gourdin me pleuvaient sur le dos, sur les épaules. Je me recroquevillai, essayant de protéger ma tête. En vain. Un éclair de lumière me transperça le crâne. Et je sombrai dans les ténèbres.

Cinq d'entre nous furent capturées, ce jour-là, et soumises au test de l'eau. Aucun inquisiteur n'était venu jusqu'à Pendle depuis Wilkinson. J'avais malencontreusement fait cette visite à la ferme le jour où un chasseur de sorcières avait été appelé à Downham. Le fermier l'avait prévenu. Ils n'avaient eu qu'à dresser le piège et attendre mon arrivée.
Pourquoi avais-je choisi ce jour-là, cette ferme-là ? C'était écrit. Tel était mon destin.
Le test de l'eau est une chose terrible. Si nous, les sorcières, sommes incapables de traverser une eau courante, les lacs et les étangs ne nous posent habituellement aucun problème. Je m'y lavais même, parfois. Pas en hiver, il fait trop froid. Et la crasse protège bien des frimas.
Mais être jetée à l'eau avec les mains et les pieds attachés, c'est autre chose. Je fus la troisième à être testée, en cet après-midi glacial de janvier. La première flotta. Elle n'était qu'un membre du clan, dépourvue de tout talent de sorcellerie. Cela leur était bien égal. Ils la repêchèrent et la jetèrent sur une charrette.
La deuxième coula comme une pierre. C'était une vraie sorcière, elle, une Malkin. Le Malin ne fit

rien pour la sauver. Ils prirent tout leur temps pour la retirer de l'eau. Voyant qu'elle avait cessé de respirer, ils laissèrent son corps retomber dans l'étang, où il sombra définitivement.

Et ce fut mon tour. Deux hommes m'empoignèrent et me balancèrent à plusieurs reprises avant de me lâcher. Je heurtai l'eau avec violence. Je voulus retenir mon souffle, mais le froid me saisit. Choquée, je hoquetai, et un liquide vaseux s'engouffra dans ma bouche. Je sombrai, la tête en bas. Je voyais au-dessous de moi le corps de la noyée, ses cheveux flottant comme des algues devant son visage osseux, ses yeux morts fixés sur moi. Je luttai un moment contre l'étouffement, puis je lâchai prise. Je m'enfonçai dans le noir. Après tout, j'étais une sorcière, j'appartenais à l'obscur.

Quand je revins à moi, j'étais allongée dans la boue, vomissant l'eau avalée sur les bottes d'un des hommes. Il me flanqua un coup de pied avant de me lancer tel un ballot à l'arrière de la charrette.

Nous étions trois, reconnues sorcières. Cette fois, ils nous emmenèrent rapidement à Caster, de crainte de subir la colère des clans.

Je fus enfermée dans un cachot. Seule. Non que j'eusse souhaité la compagnie des deux autres. L'une était une Mouldheel, la deuxième une Malkin, des ennemies. La pièce était sombre et humide, l'eau gouttait du plafond, et je n'avais pour m'étendre qu'une paillasse crasseuse. On ne me laissa même pas jouir en paix de ma misère. À minuit, on vint me chercher. On me traîna, enchaînée, le long d'un corridor jusqu'à une salle meublée d'une lourde table. Un seul test ne leur suffisait pas.

– Avant d'exécuter une accusée, m'annonça l'inquisiteur, nous devons doublement nous assurer qu'elle est bien sorcière. Tu as subi l'épreuve de l'eau. Nous allons maintenant utiliser l'aiguille.

Il aimait son travail, celui-là. Matthew Carter, tel était son nom. Il souriait en m'enfonçant sa longue pointe dans la chair. Plus je tressaillais et criais, plus il souriait. Je m'évanouis à plusieurs reprises. Bientôt, tout le corps me faisait si mal que je n'aurais su dire à quel endroit il me piquait. Enfin, il déclara avoir trouvé la marque du Diable. J'avais en effet, au-dessous du genou, une tache de naissance de la taille d'une pièce de monnaie. C'était là, affirma-t-il, que le Malin m'avait touchée. La preuve était faite par deux fois : j'étais bien une sorcière.

On m'apprit que l'exécution aurait lieu à l'aube. Je passai une longue nuit dans le cachot, à frissonner de froid et de peur. Je redoutais d'être brûlée vive. Non, par pitié! Pas ça! La souffrance devait être intolérable. Et une sorcière brûlée ne revient plus jamais. Elle erre dans l'obscur pour l'éternité.

On nous fit sortir dans la cour aux premières lueurs. C'était un petit matin sinistre ; une pluie serrée tombait du ciel gris. Je me souviens d'avoir compté trois mouettes sur un toit, une pour chaque sorcière qui allait mourir. Je me rassérénai un peu, car je venais de voir ce qui nous attendait, dans la cour du château. Pas un bûcher, une potence. Nous allions être pendues. Morte, je serais capable de revenir...

Je ne prétendrais pas que ce fut une partie de plaisir. Se balancer au bout d'une corde, le cou rompu et les yeux vous sortant de la tête, n'a rien d'agréable. La dernière vision que j'eus fut celle de la Mouldheel, pendue près de moi, lâchant son dernier souffle. Et tout devint noir. J'entendais encore mon cœur cogner, si vite que ses battements se fondaient en un seul. Puis ils ralentirent, irréguliers, de plus en plus faibles. Enfin, ils se turent.

C'est une chose étrange que la mort. Étranges aussi les ultimes souvenirs qui vous viennent en mémoire. Je revis la folle passer près de moi, ses couteaux à la main. Soudain, je la reconnus. Je me rappelai son nom. C'était...

Et je mourus.

3
Ma vengeance

Le clan des Deane vint chercher ma dépouille pour la rapporter à Pendle. On creusa pour moi une tombe peu profonde, dans la Combe aux Sorcières. La terre nue fut recouverte de feuilles mortes, et on me laissa jouir de ma nouvelle existence.

Je me souviens d'avoir senti un poids au-dessus de moi. J'étendis le bras dans l'air frais de la nuit. Je m'assis, et ma tête émergea de la couche d'humus. Une lumière argentée illuminait la combe. Je distinguai, à travers la cime des arbres, un disque pâle. La pleine lune. C'était elle qui me rappelait dans ce monde.

J'éprouvai alors le besoin de sang. Jamais je n'avais ressenti une telle faim. Je rampai dans la combe, à l'affût d'une proie. Il n'y avait aucun humain dans les parages, mais j'eus bientôt attrapé quelques rats bien dodus et une souris des champs. Les rats satisfirent mon appétit. De la souris, minuscule, je ne fis qu'une bouchée, mais elle était délicieuse. Bien qu'ayant utilisé la magie des ossements, j'avais connu le goût du sang. Aucun n'avait eu cette saveur. C'est l'avantage d'être morte. Les aliments ordinaires ne vous sont plus nécessaires. Votre estomac de cadavre n'a que faire de pommes de terre rôties et de viande en ragoût !

Cette faible quantité de nourriture suffit à me redonner des forces. Je pouvais à présent me redresser, marcher... peut-être même courir ? Saurais-je attraper un homme, une femme, un enfant, et m'abreuver de sang humain ? Bien des sorcières mortes en sont incapables et sont condamnées à ramper. J'allais être une des plus fortes, je le sentais.

Je me glissai de nouveau sous ma couverture végétale et restai allongée sur le dos, ne laissant dépasser que mon nez et ma bouche. Je m'aperçus alors que la tête me démangeait. C'est le problème, quand on demeure trop longtemps sur le sol, recouverte de feuilles mortes. Des hôtes indésirables se faufilent dans vos cheveux et y font leur nid.

Une sorcière morte a tout son temps pour réfléchir. Les premières pensées qui me vinrent furent des idées de vengeance. J'envisageai d'abord de tuer le fermier et sa grosse femme. Et les fillettes seraient sûrement savoureuses. Mais ce serait trop facile. Quelqu'un d'autre méritait un châtiment. Matthew Carter m'avait torturée et exécutée. Il m'avait ôté les joies de ma vie de sorcière. Je ne fêterais plus jamais les sabbats ; je n'aurais plus jamais l'espoir de toucher un jour le Malin.

« Il mérite le même sort que moi, me disais-je, et pire encore. » La question était : comment mettre la main sur lui ? Je savais qu'il demeurait à Caster. C'était loin. Trop loin. Il y avait sûrement une meilleure solution...

J'eus bientôt échafaudé un plan, et je me mis en route pour Downham. J'allais avoir une sérieuse conversation avec le vieux fermier.

Je n'étais pas aussi vaillante que je l'espérais. Néanmoins, à pas lents, je marchai vers le nord, laissant Pendle à ma gauche. Juste avant l'aube, je réussis à attraper deux rats. Puis je me glissai sous une haie, et j'attendis que s'écoulent les heures du jour.

Je ne parvins à la ferme qu'au milieu de la nuit suivante. Je commençai par tuer un cochon. C'était un porcelet grassouillet, qui ne cessa de couiner jusqu'à ce qu'il fût mort. Au bruit, les chiens aboyèrent ; ils devaient être à la chaîne, sinon, ils auraient flairé mon odeur. J'aurais pu m'occuper d'eux, mais leur sang ne valait pas le sang porcin. Encore moins le sang humain.

Grâce au petit couineur, je me sentais beaucoup mieux. Je marchai jusqu'à la porte de la ferme et arrachai la porte de ses gonds. À l'étage, une fillette se mit à pleurer. L'autre en fit autant. Le fermier apparut aussitôt en haut des escaliers, en chemise de nuit, une chandelle à la main. En me voyant debout dans l'encadrement de la porte, il poussa un cri de terreur et courut se réfugier dans sa chambre. J'entendis les verrous claquer, ce qui ne lui servirait pas à grand-chose.

Je gravis l'escalier et enfonçai la porte d'un coup d'épaule. La femme hurla, couvrant les pleurs des enfants, dans la chambre voisine.

J'entrai, m'assis au bord du lit et les fixai. Ils étaient adossés à la tête de lit, serrés l'un contre l'autre, les couvertures tirées jusqu'au menton. Je n'aurais su dire lequel des deux tremblait le plus fort. Je leur souris en me grattant le crâne pour apaiser les démangeaisons. Un ver tomba de mes cheveux et se tortilla sur la courtepointe.

— Je vous laisserai la vie à tous deux, dis-je. Et j'épargnerai aussi les fillettes, à condition que vous m'obéissiez sans protester.

– Ne nous faites pas de mal, supplia le fermier. On fera tout ce que vous voudrez. Tout...

Je souris plus largement encore :

– C'est simple. Va trouver Matthew Carter, prie-le de revenir ici après la tombée de la nuit. C'est très important. Autour de minuit serait le mieux. Tu lui diras qu'une autre sorcière vous persécute, que tu comptes sur lui pour vous en débarrasser.

– Et s'il... s'il refuse de se déplacer ? bégaya le bonhomme, les yeux agrandis de terreur.

– Dans ce cas, ne reviens pas. Tu retrouverais ta famille morte.

Il se mit en route avant l'aube. Je me cachai dans la grange, sous un tas de paille, d'où ne dépassait que le bout de mon nez. Et j'attendis la nuit.

C'est là que l'aînée des fillettes me découvrit, alors que le soir tombait. Pas plus de cinq ans, aussi rose et dodue que le porcelet. Je sentais les pulsations du sang dans son petit corps chaud, et je dus faire un terrible effort de volonté pour ne pas me jeter sur elle : je ne voulais pas avoir une mère hystérique sur les bras. À son arrivée, Matthew Carter devrait la trouver calme et raisonnable.

– La nuit, maman retourne tous les miroirs contre le mur, m'informa la gamine.

– Elle fait bien. Cela empêche les sorcières de regarder dans la maison.

– Mais tu es une sorcière, et maman dit que je ne dois pas m'approcher de toi.

– Les mamans ont toujours raison. Tu ne devrais pas être là.

– Quel effet ça fait, d'être une sorcière morte ?

– Ça démange, petite, répondis-je en me grattant la tête. Ça démange horriblement.

– Je peux te peigner, si tu veux, proposa l'enfant.

Elle partit en courant. Cinq minutes plus tard, elle était de retour, un peigne à la main. J'avais prévu de la tuer, elle et toute sa famille, après avoir réglé son compte à l'inquisiteur. Or, tandis qu'elle ôtait de mes cheveux les insectes et les vers qui y avaient trouvé refuge, je me laissai fléchir. En fin de compte, je ne tuerais que le fermier.

– Retourne auprès de ta mère, ordonnai-je à la petite. Dis-lui de vous emmener loin d'ici, toi et ta sœur. Et de ne pas revenir avant le matin. Partez tout de suite, et vous aurez la vie sauve.

Depuis la porte de la grange, je vis la mère fuir avec ses filles, se hâtant sur ses courtes jambes de sa démarche de canard. Je n'avais plus qu'à préparer mon embuscade. Cette fois, c'était moi le guetteur. Je commençai par disposer des dizaines de chandelles pour illuminer l'entrée et les escaliers.

Une sorcière morte perd lentement le contrôle de sa magie. Mais je n'avais pas quitté la vie depuis très longtemps, il m'en restait bien assez pour exécuter mon plan.

J'entendis des pas approcher de la porte d'entrée. Le fermier avait fait ce qu'il fallait. Les deux hommes prévoyaient certainement de m'attendre dans la maison, comme la première fois. Je ne fus pas déçue : Matthew Carter était l'un d'eux. Ce fut lui qui entra le premier.

Perché en haut des escaliers, je lui adressai mon plus beau sourire :

– Si nous avions une petite conversation, messire Matthew ? Rien que vous et moi, dans la chambre...

Bien sûr, j'utilisais deux sortilèges de magie noire, la *séduction* et la *fascination*. Le premier rend une sorcière, même morte, extrêmement attirante ; quant au second, de toute façon, il aurait obligé l'inquisiteur à me rejoindre.

Il s'élança sur les marches, tel un chien famélique à qui l'on offre de la viande fraîche. Son compagnon parut fort déçu de ne pas être invité.

– Entrez, asseyez-vous sur le lit, minaudai-je en refermant la porte derrière lui. Que diriez-vous d'un petit baiser ?

Il m'obéit. Mais, à l'instant où ses lèvres allaient se poser sur les miennes, son visage d'affamé prit une expression de dégoût. Il venait de sentir ma véritable odeur, mélange de terre, de feuilles pourrissantes et de corps en décomposition. Je fis alors cesser le premier sortilège, et son dégoût tourna à la terreur.

J'enfonçai mes dents dans son cou et bus à longues goulées, tandis qu'il couinait plus fort que le porcelet de la nuit précédente. Le flot de son sang se tarit peu à peu, son cœur cessa de battre. Il était mort, et avait perdu tout intérêt pour moi.

Je tuai le deuxième homme dans l'entrée. Un troisième et un quatrième se cachaient dans la grange. J'eus vite fait de les flairer. Le reste de la troupe s'enfuit en panique. Le fermier resta seul, dans la cour, croyant toujours sa femme et ses filles à la maison.

J'avais eu mon content de sang, et même au-delà. Je traversai la cour et le frôlai d'assez près pour entendre ses dents s'entrechoquer.

– J'ai décidé de t'épargner, lui dis-je. Mais, la prochaine fois qu'une sorcière vient mendier à ta porte, donne-lui ce qu'elle te demande.

Puis je le laissai et regagnai la Combe aux Sorcières.

J'oublie de préciser une chose. Après ma mort, je n'arrivais toujours pas à me rappeler le nom de la folle. Je fouillais mon cerveau, sans résultat. À présent, je suis très affaiblie, j'ai beaucoup de mal à marcher. Une sorcière morte ne survit qu'un temps. Ma mémoire s'efface, et seules des bribes d'anciens souvenirs me reviennent encore.

Je revois cette idiote passer près de moi, ses couteaux à la main, pour poignarder le Malin. J'ai son nom sur le bout de la langue... Si seulement je m'en souvenais ! Je le noterais, et notre clan finirait par lui mettre la main dessus. Elle ne pourra pas se cacher éternellement. On est trop nombreuses pour qu'elle nous échappe.

L'aube va revenir, il faut que je retourne à la combe. La nuit prochaine, peut-être, je me souviendrai. J'écrirai son nom, si je n'ai pas perdu tous mes doigts. Et si je retrouve le chemin de cette maison...

Grimalkin

Je m'appelle Grimalkin, et je ne crains personne. Ce sont mes adversaires qui me craignent.

Avec mes ciseaux, je taillade les cadavres, les morts des clans ennemis que j'ai défaits au combat. Je leur coupe les pouces et porte leurs os en collier autour du cou, afin que tous sachent qui je suis. Si je ne me montrais pas aussi impitoyable, je ne survivrais pas une semaine. Je suis la tueuse du clan Malkin.

Vous êtes fort ? Agile ? Vous êtes un guerrier entraîné ? Peu m'importe. Filez vous réfugier dans la forêt ! Filez ! Je vous laisse un peu d'avance. Une heure, si vous voulez. Car, aussi vite que vous couriez, vous ne serez jamais aussi rapide que moi. Je suis une chasseresse, et je pratique l'art de fondre les armes. J'en concevrai une spécialement pour vous, la lame d'acier qui tranchera le fil de votre vie.

Pas une de mes proies ne m'échappe. Je taille dans leur chair si elles sont de chair, et, si elles respirent, je leur ôte le souffle. Aucune magie ne m'impressionne, car je possède ma propre magie. Je ne redoute ni les gobelins, ni les spectres, ni les fantômes, et les épouvanteurs pas davantage. Car j'ai plongé mon regard au plus profond de l'obscur, et je ne connais plus la peur.

Mon plus grand ennemi, c'est le Malin, l'obscur incarné. Enfant, déjà, je le détestais. Je voyais de quelle façon il contrôlait mon clan, comment notre Conventus le flattait. J'éprouvais envers lui une répulsion instinctive, une haine innée qui ne cessait de grandir. Je savais que, si je ne réagissais pas, il serait une plaie dans ma chair ; une ombre noire sur chacune de mes actions.

Il existe un moyen, pour une sorcière, de le tenir à distance. Une méthode extrême, qui la libère de son effrayant empire : s'accoupler avec lui et porter son enfant. Une fois qu'il a vu son rejeton, il n'approche plus jamais la mère. Sauf si celle-ci le souhaite.

La plupart des fils du Malin sont des semi-hommes, des créatures mauvaises soumises à l'obscur. Ses filles deviennent de puissantes sorcières. Certains enfants – ils sont très rares – ne sont pas touchés par le mal et naissent en tous points humains. Tel fut le mien.

Je n'avais jamais éprouvé autant d'amour pour un être. Je n'avais jamais cru possible un tel bonheur. Sentir contre moi son petit corps chaud, si démuni, si confiant dépassait mes rêves les plus fous. Ce petit enfant m'aimait et je l'aimais ; nos deux vies étaient liées pour toujours. J'étais pleinement heureuse pour la première fois de mon existence. Hélas ! une telle félicité est rarement destinée à durer.

La mienne prit fin par une chaude nuit d'été. Le soleil venait de se coucher ; je me promenais dans le jardin de mon cottage, mon bébé dans les bras, fredonnant une berceuse. Un éclair fusa soudain au-dessus de ma tête ; le sol trembla sous mes pieds. Le Malin allait apparaître, et la peur me glaça le cœur. En même temps, je me réjouissais de sa venue, car, ensuite, plus jamais il ne me visiterait. Je serais définitivement débarrassée de lui.

Or, rien ne m'avait préparée à sa réaction. À peine s'était-il matérialisé qu'il rugit de colère. Arrachant de mes bras mon petit garçon innocent, il le souleva dans les airs, prêt à l'écraser sur le sol.

– Par pitié, m'écriai-je. Ne lui fais pas de mal ! Je ferai ce que tu voudras, mais laisse-le vivre !

Le Malin ne m'adressa même pas un regard. La rage et la cruauté l'habitaient tout entier. Il fracassa le crâne de mon bébé contre un rocher et il disparut.

Pendant des jours, la douleur me rendit folle. Puis, peu à peu, des idées de vengeance germèrent dans mon esprit. Détruire le Malin ? Était-ce possible ?

Possible ou pas, cela devint mon unique but, ma seule raison de vivre. Quoique grande et forte pour mon âge, j'étais encore toute jeune – je venais d'avoir dix-sept ans. J'avais choisi de porter un enfant du Malin pour être libérée de lui à jamais, et, une fois cette décision prise, rien ne m'avait détournée de mon projet. Rien ne m'arrêterait non plus, désormais.

Enfilant mes plus épais gants de cuir, je forgeai trois lames, chacune garnie d'une pointe en argent. La simple proximité de ce métal m'était douloureuse, car il est néfaste à toutes les créatures de l'obscur. Mais je serrai les dents et consacrai à cette tâche le meilleur de mon talent. Restait à trouver mon ennemi, ce qui n'était pas difficile.

Le Malin n'apparaît pas à chaque sabbat ; certaines années, il n'assiste même à aucun. Cependant, il manque rarement Halloween, et, à cette époque, il avait une préférence pour le clan des Deane. Aussi, fuyant la cérémonie des Malkin, sur la colline de Pendle, je me rendis à Roughlee, le village des Deane.

J'avais une lame dans chaque main. La troisième, je la tenais fermement entre les dents. Je me mettais en grand danger, mais ma haine du Malin me galvanisait. J'étais prête à mourir, détruite par son souffle infernal ou mise en pièces par les Deane. Je projetai ma volonté vers lui pour l'obliger à rester le temps que je le frappe.

Je me faufilai entre les sorcières assemblées, que j'écartai à coups de coude et d'épaule. Des visages surpris et furieux se tournèrent vers moi. Je franchis enfin le cercle formé par le Conventus et lançai mon premier couteau. Il pénétra dans la poitrine du Malin jusqu'à la garde. À son hurlement, je sus que je l'avais gravement blessé, et ses cris de douleur sonnèrent à mes oreilles comme la plus harmonieuse des musiques. Mais il pivota, et mes deux autres couteaux manquèrent leur cible, même s'ils s'enfoncèrent profondément dans sa chair.

Un instant, ses yeux se fixèrent sur moi ; ses pupilles verticales étaient deux traits rouges. Je n'avais rien pour me défendre ; je m'attendais à être détruite sur place. Je le souhaitais presque, sûre que mon sort serait pire encore s'il s'emparait de moi après ma mort pour infliger à mon âme des tourments éternels.

À mon grand soulagement, il se contenta de disparaître, emportant le feu avec lui, si bien que nous fûmes plongées dans le noir. La règle avait été respectée. J'avais porté son enfant, il ne pouvait se tenir en ma présence, sauf si je le désirais.

Autour de moi régnait la confusion la plus totale. Les sorcières couraient en tous sens et déchiraient l'air de leurs cris. Je profitai de l'obscurité pour m'enfuir. Bientôt, elles enverraient des tueuses à mes trousses. Ce serait tuer ou être tuée.

Sans cesser de courir, je me dirigeai vers le nord, contournant la colline de Pendle, puis j'obliquai vers l'ouest, vers la côte. Je savais exactement où j'allais, car j'avais planifié ma fuite. C'est dans les basses terres, à l'est de l'estuaire de la Wyre, que je me posterais. Je m'étais enveloppée d'un manteau de magie noire, mais il ne serait pas suffisant pour me dissimuler aux yeux de mes poursuivantes. Je devrais les combattre en un lieu qui me donnerait l'avantage.

Dans cette région, trois villages sont alignés du nord au sud : Hambleton, Staumin et Preesall. Un sentier étroit mène de l'un à l'autre, impraticable à marée haute, bordé de chaque côté par des mousses gonflées d'eau. Le cours de la rivière dépend aussi des flux et reflux de l'océan. Là s'étendent des marais salants, et, au nord-ouest de Staumin, près de la côte, s'élève Arm Hill. Ce monticule de terre ferme domine de grasses prairies et des chenaux dangereux, où la montée des eaux risque de piéger les imprudents. D'un côté, c'est la rivière, de l'autre, le marécage, et personne ne peut traverser sans être vu depuis cette hauteur.

Je guettai l'arrivée de mes poursuivantes, je savais qu'elles seraient plusieurs. J'avais commis envers les Deane une offense impardonnable. Si j'étais prise, on me ferait mourir lentement, dans d'atroces souffrances. La première de mes adversaires apparut au crépuscule, traversant le marécage avec précaution.

En tant que sorcière, je possède de nombreux talents. L'un d'eux se révéla fort utile. Lorsqu'un ennemi approche, je mesure aussitôt sa valeur : sa force, son adresse au maniement des armes. Celle qui franchissait le marais n'était pas une combattante aguerrie. Seuls ses dons de traqueuse et sa capacité à percer mon manteau de magie lui avaient permis de distancer les autres.

J'attendis qu'elle soit assez près pour me montrer, debout sur le monticule, ma silhouette se détachant nettement contre le rougeoiement du ciel. Elle courut vers moi, une lame dans chaque main. Elle ne tenta même pas de zigzaguer pour éviter d'être une cible trop facile.

C'était elle ou moi. Ce serait donc elle qui mourrait.

Je tirai de ma ceinture mon couteau de jet favori. Sa lame n'était pas équipée d'une pointe en argent, mais ce n'est pas nécessaire pour tuer une sorcière.

Je le lançai, et il s'enfonça dans sa gorge. Elle émit un bruit étranglé, tomba sur les genoux puis face contre terre, dans l'herbe humide.

J'éprouvai un serrement au cœur : c'était la première fois que je tuais un mortel. Cela ne dura pas, et je me concentrai de nouveau sur la façon d'assurer ma survie. Je poussai le corps de la morte dans la boue, et je le dissimulai sous les herbes. Je ne lui arrachai pas le cœur. Nous nous étions affrontées en combat loyal, et elle avait perdu. Une nuit prochaine, elle se relèverait, sorcière morte à la recherche d'une proie. Elle ne représentait plus une menace pour moi, je n'aurais pas voulu la priver de ce droit.

J'attendis les autres presque trois jours. Elles étaient deux et arrivèrent ensemble. Nous nous battîmes à midi, tandis que le pâle soleil d'automne donnait à la marée montante des reflets de sang. J'étais forte et rapide, mais mes adversaires étaient des combattantes aguerries, dotées d'un répertoire de feintes que je n'avais jamais rencontrées. Elles m'infligèrent de cruelles blessures, dont je garde encore les cicatrices. Le combat dura plus d'une heure, et j'arrachai enfin la victoire de justesse. Deux nouveaux cadavres de Deane s'enfoncèrent dans le marécage.

Trois semaines s'écoulèrent avant que je retrouve la force de voyager. Les Deane n'envoyèrent pas d'autres traqueuses. Ma piste avait refroidi, et il était peu probable que l'on m'ait reconnue, la nuit où j'avais attaqué le Malin. Je réfléchis longuement à ce qui était arrivé. J'avais blessé le démon. Tenterait-il de me tuer d'une façon ou d'une autre ? Trouverais-je la première un moyen de le détruire ?

Je consultai une scruteuse, une étrangère venue du Grand Nord. Elle s'appelait Martha Ribstalk. Pour voir l'avenir, elle n'utilisait pas de miroir. Elle examinait la vapeur sanglante montant d'un chaudron où elle mettait à bouillir des pouces et d'autres doigts pour en détacher la chair. À cette époque, avant que Mab, la jeune sorcière du clan des Mouldheel, révèle ses dons pour la scrutation, elle était la praticienne la plus connue dans cet art. Je lui rendis visite une heure après minuit, ainsi que nous en étions convenues. Une heure après qu'elle avait bu le sang d'une ennemie et accompli les rituels indispensables.

– Acceptez-vous mon argent ? demandai-je.

Elle acquiesça, et je laissai tomber trois pièces dans le chaudron.

– Assois-toi ! m'ordonna-t-elle en désignant d'un doigt impérieux les dalles de pierre devant le foyer.

Le contenu du chaudron bouillonnait, l'air semblait teinté de sang, et j'en sentais à chaque inspiration le goût métallique à l'arrière de ma langue.

Je m'assis donc en tailleur, et l'observais à travers la vapeur. Elle resta debout, me dominant de toute sa hauteur : une tactique destinée à m'en imposer. Elle ne m'intimidait pas pour autant, et je soutins tranquillement son regard pour l'interroger :

– Que voyez-vous ? Quel sera mon avenir ?

Elle garda le silence un long moment, se plaisant visiblement à me faire languir. Que je lui eusse posé une question plutôt que d'attendre son verdict l'agaçait.

– Tu as choisi ton ennemi, dit-elle enfin, le plus puissant qu'aucun mortel puisse affronter. Ce qui en découle est facile à prévoir. Le Malin ne peut approcher de toi sans que tu y consentes. Mais il est patient. Quand tu mourras, il s'emparera de ton âme pour la condamner à d'éternels tourments. Il y a cependant autre chose, que je n'arrive pas à voir clairement. Une autre force qui pourrait s'interposer. Rien de sûr, une simple lueur d'espoir...

Elle marqua une pause avant de se pencher plus attentivement vers la vapeur. Enfin, elle reprit :

– Je devine aussi... un nouveau-né.

– Qui est cet enfant ?

– Je le distingue mal, reconnut Martha Ribstalk. Une ombre me le cache. De toute façon, même avec son intervention, seule une sorcière maniant les armes avec la plus grande habileté aura une chance de survivre. Une sorcière possédant la férocité et la vélocité d'une tueuse, plus redoutable encore que la redoutable Kernoldee.

Railleuse, elle ajouta :

— Es-tu de cette trempe ? Sinon résigne-toi à ton sort.

Kernoldee était alors la tueuse des Malkin, une femme d'une force terrifiante. Elle avait abattu vingt-sept candidates à sa succession – trois par an –, et entamait sa dixième année de souveraineté.

Je me relevai et fixai Ribstalk avec un sourire provocant :

— Je tuerai Kernoldee et je prendrai sa place. Je deviendrai la tueuse des Malkin, la plus redoutée de toutes.

Je tournai les talons et m'en fus, poursuivie par des ricanements moqueurs. Mais je n'avais pas lancé de vaines vantardises. J'en étais capable. Je le savais.

On présentait chaque année trois prétendantes au titre de tueuse des Malkin. Cette année-là, elles n'étaient que deux. Rien d'étonnant, car se mesurer à Kernoldee, c'était le trépas assuré.

Ces deux sorcières s'exerçaient depuis six mois. Je n'avais donc plus que six mois pour me préparer à l'épreuve. C'était peu.

L'entraînement se déroulait dans une clairière du Bois des Corbeaux. La première journée me laissa consternée. Les deux autres n'avaient aucune confiance en elles et portaient déjà la mort sur le visage. Au fil des heures, mon mécontentement grandissait.

Peu avant la tombée de la nuit, je lâchai enfin la bride à ma colère. Nous étions assises toutes les trois en tailleur devant Grist Malkin, notre entraîneur, et nous l'écoutions discourir sur le combat à l'épée. Deux matriarches du clan à la mine acariâtre, toutes deux sorcières, l'encadraient, veillant à ce que nous n'utilisions pas la magie contre lui.

– Grist, vous êtes un imbécile, sifflai-je. Vous avez entraîné avant nous vingt-sept candidates, qui ont toutes été vaincues. Que sauriez-vous nous enseigner d'autre que la défaite ?

Il en resta muet, et la rage lui tordit le visage. C'était un homme de grande taille, à la musculature puissante. Mais je soutins sans broncher son regard flamboyant. Ce fut lui qui détourna les yeux.

– Debout, gamine ! m'ordonna-t-il.

Je me levai, un sourire aux lèvres.

– Et ne me provoque pas, petite insolente, aboya-t-il. Un peu de respect ! Mes conseils pourraient te sauver la vie...

Il se mit à tourner lentement autour de moi. Je suivais ses mouvements du coin de l'œil. À peine était-il passé derrière mon épaule gauche qu'il m'empoigna dans une étreinte digne d'un ours, qui chassa tout l'air de mes poumons. Une douleur aiguë me transperça : une de mes côtes s'était brisée.

– Que ça te serve de leçon, cria-t-il en me jetant à terre.

Il n'eut pas le temps d'en dire davantage. Je bondis sur mes pieds et lui cassai le nez d'un coup de poing. Le choc le fit vaciller.

Notre lutte s'acheva très vite. Je le tenais à distance, tandis que chacun de mes coups portait, vif et précis. Il eut bientôt un œil fermé. La seconde d'après, le sang coulant de son front ouvert inondait son autre œil. Aveuglé, il n'offrait plus qu'une faible résistance. Je le fauchai derrière les jambes, et il tomba lourdement.

Les deux vieillardes s'agenouillèrent près de lui. L'une d'elles était sa mère, et je vis des larmes ruisseler sur ses joues.

– Je pourrais te tuer, à présent, crachai-je. Mais tu n'es qu'un homme, ça n'en vaut pas la peine.

Je m'éloignai alors. Avant de disparaître entre les arbres, je me retournai. J'avais une dernière chose à dire :

– Je m'en vais. Je reviendrai pour l'épreuve.

Ce que je ne vous ai pas encore raconté, c'est que Grist avait entraîné ma sœur aînée, Wrekinda. Elle avait été la cinquième victime de Kernoldee, raison de plus pour que je la tue, cette meurtrière.

Par chance, je connaissais les secrets de la forêt et j'étais déjà habile dans l'art de forger les armes. Par chance aussi, parce que j'avais posé ma candidature en dernier, je serais aussi la dernière à affronter Kernoldee. Même si les deux autres étaient vaincues, elles l'auraient un peu affaiblie ou du moins fatiguée.

Je repris donc seule mon entraînement. Je m'y consacrai avec acharnement. Pour renforcer mon corps et gagner en endurance, je me nourrissais bien, nageais quotidiennement sur plusieurs miles en dépit du froid mordant. Je courais dans les collines de Pendle, montant et dévalant les pentes pour travailler mon souffle. Je me forgeai les meilleures lames, que je portais dans des fourreaux accrochés à des lanières croisées autour de ma poitrine et de mes cuisses. Je gagnais chaque jour en force et en rapidité, en vue de ce qui serait une lutte à mort.

Pour m'endurcir, je me mis volontairement en danger. Dans une forêt, tout au nord du Comté, je fis face à une meute de loups. Ils me cernèrent, resserrant peu à peu leur cercle grondant. Je voyais la mort danser dans leurs yeux affamés. Je tenais un couteau dans chaque main. Un premier loup me sauta dessus. Ma lame lui trancha la gorge avant que ses crocs se soient refermés sur la mienne. Le deuxième mourut de la même façon. Je tirai alors ma longue épée et attendis le troisième assaut. D'un coup puissant, je décapitai l'animal. Quand la meute tourna bride, fuyant ma fureur, elle laissait derrière elle sept cadavres dont le sang rougissait la neige.

Le moment d'affronter Kernoldee approchant, je retournai à Pendle.

Moi qui avais espéré que les premières candidates affaibliraient la tueuse, je déchantai vite. En moins d'une heure, elle les avait tuées toutes les deux. Mon tour était venu.

L'épreuve se déroulait toujours au nord du Triangle du Diable, où se situent les villages des Malkin, des Deane et des Mouldheel. Kernoldee privilégiait comme terrain de combat la Combe aux Sorcières, où les familles enterrent les défuntes. Enfouies entre les arbres, elles grattent la terre pour resurgir à la pleine lune, se nourrissant de petits animaux et, à l'occasion, d'humains imprudents. Certaines d'entre elles sont assez fortes pour parcourir plusieurs miles à la recherche d'une proie. Kernoldee avait fait d'elles ses alliées, voyant par leurs yeux, flairant par leur nez, écoutant par leurs oreilles, les utilisant parfois comme des armes. Plus d'une candidate avait été vidée de son sang par une sorcière morte avant que Kernoldee vienne lui couper les pouces pour prouver sa victoire. Mais, la plupart du temps, elle triomphait sans leur aide. Les lames, les cordes et les chausse-trapes n'avaient aucun secret pour elle. Dès qu'elle avait capturé ou réduit à l'impuissance une de ses adversaires, elle se contentait souvent de l'étrangler.

Je savais tout cela avant que la lutte ne commence. J'y avais longuement réfléchi et j'avais exploré la combe à plusieurs reprises au cours des mois précédents. Je m'y étais rendue en plein jour, quand les sorcières mortes dorment, à des heures où Kernoldee s'était mise en chasse à l'autre bout du Comté. Je connaissais tous les arbres, j'avais flairé chaque pouce de terrain, repéré les emplacements de chaque piège. J'étais prête.

Je me présentai à la lisière de la combe juste avant minuit, l'heure où le combat devait débuter. À ma gauche s'élevait la masse menaçante de Pendle. La pleine lune, haute dans le ciel, baignait ses pentes de lumière. Le feu d'un fanal s'alluma au sommet, lançant vers le ciel des gerbes d'étincelles : c'était le signal.

Je fis alors ce qu'aucune autre concurrente n'avait fait avant moi. La plupart pénétraient dans la combe, nerveuses, tremblant à l'idée de ce qu'elles allaient affronter. Les plus braves elles-mêmes ne s'y aventuraient qu'avec une extrême prudence. Mon attitude fut tout autre. J'annonçai mon arrivée à voix forte et claire :

— Me voici, Kernoldee ! Je m'appelle Grimalkin, et je viens te tuer. C'est pour toi que je suis ici, Kernoldee ! Pour toi ! Et personne ne m'arrêtera, ni mort ni vivant !

Ma provocation n'était pas une simple bravade, mais le produit de nombreuses spéculations : mes cris alerteraient les sorcières mortes. Elles se montreraient, me révélant ainsi où elles se cachaient.

Les sorcières mortes sont plutôt lentes, je les distancerais aisément à la course. La plus dangereuse était Gertrude la Hideuse, à cause de son apparence impressionnante, et parce qu'elle était incroyablement véloce pour une sorcière morte depuis plus d'un siècle. Elle écumait la combe et ses environs en quête de sang frais. Cette nuit, elle serait là. Elle était la complice attitrée de Kernoldee, qui la récompensait en victimes, car elle avait sa part de chaque victoire.

Je patientai une quinzaine de minutes, assez pour donner à la moins rapide des sorcières le temps d'approcher. J'avais déjà flairé la vieille Gertrude. Elle s'était terrée un moment à la lisière de la combe sans se risquer à l'extérieur, puis s'était retirée sous les arbres pour laisser ses sœurs moins agiles m'attaquer les premières. J'entendais des froissements de feuilles, des craquements de brindilles : elles rampaient vers moi. Elles étaient lentes, mais je ne devais pas commettre l'erreur de les sous-estimer. Quand une sorcière morte a refermé ses crocs sur votre chair, il est presque impossible de lui faire lâcher prise. Elle aspirera votre sang jusqu'à la dernière goutte. Certaines se tiendraient au ras du sol, enfouies sous les feuilles, prêtes à m'attraper par les chevilles si je passais à leur portée.

Je fonçai en courant sous les arbres. J'avais déjà flairé Kernoldee, sous les branches du plus vieux chêne de la combe. C'était son arbre, au cœur duquel elle stockait sa magie. Tout son pouvoir était rassemblé là.

Une main jaillit hors des feuilles. Sans ralentir, je sortis un poignard de la gaine attachée à ma cuisse et épinglai la sorcière à une racine tortueuse. J'avais planté la lame dans son poignet, pas dans sa paume, en sorte qu'il lui soit plus difficile de se dégager.

Une autre rampait vers moi. Un rayon de lune éclairait sa face blême ; la salive qui lui dégoulinait sur le menton mouillait ses haillons maculés de taches sombres. Assoiffée de sang, elle marmonnait une malédiction. Je lui lançai un couteau tiré du fourreau fixé à mon épaule droite. La lame lui entra dans la gorge, et le choc la rejeta en arrière. J'accélérai ma course.

Quatre fois encore, mes lames pénétrèrent des chairs mortes ; j'avais distancé la plupart des autres sorcières – les trop lentes et celles que j'avais estropiées. Mais Kernoldee et sa puissante alliée m'attendaient quelque part. Je m'étais équipée de huit fourreaux, ce jour-là, chacun d'eux abritant une lame. Il ne m'en restait que deux.

D'un bond, je franchis une fosse, puis une autre. Une couche de boue et de branchages les dissimulait, mais je savais qu'elles étaient là. Enfin, une haute silhouette me barra le chemin. Je fis halte et me préparai à l'attaque. Qu'elle approche donc, la vieille !

Gertrude la Hideuse portait bien son nom. Sa chevelure emmêlée, grouillant de bestioles, tombait jusqu'à terre et lui couvrait le visage tel un rideau. On ne distinguait qu'un œil malveillant et une longue dent recourbée, qui lui retroussait la lèvre et touchait presque sa narine.

Elle se jeta sur moi dans un grand jaillissement de feuilles, les mains tendues pour me griffer les joues ou me prendre à la gorge. Elle était vive, pour une morte ! Pas assez, cependant.

De la main gauche, je sortis la plus large de mes lames du fourreau fixé à ma hanche. Ce n'était pas une arme de jet, plutôt une courte épée à deux tranchants, particulièrement affilés. Je me fendis et, d'un seul geste, séparai proprement la tête de Gertrude de ses épaules. Elle rebondit contre une racine avant de rouler un peu plus loin. Je repris ma course tandis que la sorcière fouillait à deux mains les feuilles pourrissantes, à la recherche de sa tête perdue.

C'était au tour de Kernoldee. Elle m'attendait sous son arbre, frottant son dos contre l'écorce, y puisant des forces pour la bataille. Des cordes destinées à m'attacher pendaient aux branches.

Elle ne me faisait pas peur. Elle m'évoquait plus un vieil ours grattant ses puces que la redoutable tueuse que tous craignaient. Courant vers elle à pleine vitesse, je tirai le dernier de mes couteaux de jet et le lui lançai à la gorge. Il tourbillonna dans les airs. Elle le détourna d'un geste dédaigneux de la main. Je ne ralentis pas pour autant, tandis que je dégainais ma longue épée. Le sol s'ouvrit alors sous mes pieds. Mon cœur rata un battement, et je tombai dans une fosse.

La lune était haute ; j'eus le temps de voir les piques acérées prêtes à m'empaler. D'un coup de reins désespéré, je tentai de m'en écarter, mais les éviter toutes était impossible. Je me contorsionnai juste assez pour m'épargner le pire : une seule me transperça.

M'épargner le pire, dis-je ? La douleur fut atroce. La pique avait traversé ma cuisse. Je glissai tout du long jusqu'à heurter durement le sol. Le choc me coupa la respiration ; l'épée m'échappa et retomba hors de ma portée.

Je gisais là, luttant pour reprendre mon souffle et dominer la souffrance. Les piques étaient fines, très pointues et très longues – elles mesuraient plus de six pieds. Pas moyen de lever la jambe assez haut pour me libérer. Je maudis ma folie. J'avais compté sur ma connaissance du terrain, mais Kernoldee avait sûrement surpris mes incursions dans la combe. Elle avait attendu le dernier moment pour creuser un nouveau piège.

Une sorcière tueuse doit sans cesse s'adapter et tirer les leçons de ses erreurs. Étendue là, à deux doigts de la mort, j'admettais ma stupidité. Je m'étais montrée trop confiante, j'avais sous-estimé Kernoldee. Je me jurai, si je survivais, de tempérer ma témérité d'un brin de prudence. Si je survivais...

La large face blême de la tueuse apparut au bord de la fosse. Elle me contempla d'en haut sans prononcer un mot. J'étais rapide et j'excellais au maniement des lames. J'étais forte, aussi, mais pas autant que Kernoldee. Ce n'était pas sans raison qu'on l'avait surnommée Kernoldee l'Étrangleuse. Après une victoire, elle pendait parfois ses victimes par les pouces avant de les asphyxier lentement. Elle ne s'y prendrait pas ainsi, cette fois. Elle avait vu de quoi j'étais capable et ne courrait aucun risque. Elle mettrait bientôt ses mains autour de mon cou et serrerait jusqu'à ce que le dernier souffle de vie ait quitté mon corps. J'allais expirer au fond de ce trou.

Elle entreprit de descendre. J'étais calme, résignée à mourir s'il le fallait. Mais une idée m'était venue, qui me donnait une faible chance de m'en tirer...

Kernoldee atteignit le sol et s'approcha en contournant les piques. Elle faisait jouer les muscles de ses mains puissantes. Je me préparai à la douleur. Pas celle qu'elle allait m'infliger, celle que j'allais délibérément m'imposer.

Mes mains aussi étaient puissantes ; mes épaules et mes bras musclés me permettaient de soulever des poids considérables. Les piques étaient fines et flexibles, mais solides. Je devais pourtant tenter le coup. De là où j'étais étendue, je ne pouvais atteindre que celle qui me transperçait la cuisse. Je l'attrapai donc et la remuai d'avant en arrière, la tordant et la fléchissant. Chaque mouvement envoyait le long de ma jambe et dans tout mon corps des ondes de souffrance. Je serrai les dents et continuai la manœuvre, jusqu'à ce que la pique cédât enfin. Elle se rompit et me resta dans la main.

Je dégageai vivement ma jambe du tronçon restant et m'agenouillai face à Kernoldee. Mon sang ruisselait et imbibait la terre. Tenant la pique comme une lance, je la pointai vers mon adversaire, droit vers son cœur.

Mais la tueuse avait puisé dans son arbre une grande quantité d'énergie magique. Elle se concentra pour projeter vers moi des ondes de ténèbres. Elle utilisa d'abord l'horrification, ce sortilège avec lequel les sorcières pétrifient de terreur leurs ennemis. Une vague d'épouvante déferla sur moi, et mes dents s'entrechoquèrent comme celles d'un squelette dansant une nuit d'Halloween.

La magie de Kernoldee était puissante ; pas assez, cependant, pour m'empêcher de détourner le sort. Bientôt, ses effets s'affaiblirent, et devinrent guère plus pénibles à supporter que le vent qui soufflait de l'Arctique le jour où j'avais massacré les loups.

Elle lança alors contre moi une horde hurlante d'âmes qu'elle tenait emprisonnées dans les Limbes grâce à la magie des ossements. Elles s'accrochèrent à moi, m'emprisonnant les bras, de sorte que je dus lutter de toutes mes forces pour ne pas lâcher la pique. La magie noire conférait à ces morts sans repos une vigueur incroyable. Ils me serraient la gorge aussi fort que Kernoldee l'aurait fait elle-même. Le plus redoutable était l'esprit d'un semi-homme, fils du Malin et d'une sorcière. Il me couvrit les yeux et introduisit ses longs doigts froids dans mes oreilles. Je crus que ma tête allait exploser. Sourde, aveugle, je me débattis en hurlant :

– Tu n'en as pas fini avec moi, Kernoldee. Je suis Grimalkin, j'incarne ton destin !

La vue me revint, les doigts du non-humain sortirent de mes oreilles avec un bruit de bouchon qui saute. J'avais de nouveau les bras libres, et je bondis sur mes pieds, mon arme levée. Kernoldee se jeta sur moi, horrible femelle ourse aux mains d'étrangleuse. Mais j'avais bien visé. Je lui enfonçai la pique en plein cœur. Elle tomba à mes pieds, et son sang se mêla au mien, imprégnant la terre. Elle hoqueta, essaya de parler. Je me penchai pour approcher mon oreille de sa bouche.

– Tu n'es qu'une gamine, croassa-t-elle. Être vaincue par une gamine, après toutes ces années... Ce n'est pas possible...

– Ton temps est achevé, le mien commence, déclarai-je. La gamine t'a pris la vie, et elle va prendre tes os.

Après avoir prélevé sur elle ce dont j'avais besoin, je hissai le cadavre de Kernoldee hors de la fosse à l'aide de ses propres cordes. Puis je la pendis par les pieds à une branche, de sorte que les oiseaux, à l'aube, se nourrissent de sa chair et nettoient son squelette. Cela fait, je traversai la combe sans problème : les sorcières mortes gardèrent prudemment leurs distances.

Gertrude la Hideuse, à quatre pattes, tâtonnait toujours dans les feuilles pourries, à la recherche de sa tête. Sans ses yeux, elle aurait du mal à la retrouver.

Quand je sortis de sous les arbres, le clan m'acclama. J'élevai dans ma paume les pouces de Kernoldee. Toutes s'inclinèrent, en hommage à mon exploit. Katrise elle-même, qui présidait le Conventus des treize, me fit allégeance. Lorsqu'elles se relevèrent, je lus dans leurs yeux un respect nouveau ; et de la peur.

Ma quête débutait ; je n'aurais de cesse, désormais, que je n'aie détruit le Malin. Le piège garni de piques m'avait donné une idée : forger une lance bien pointue dans un alliage d'argent pour transpercer le cœur de mon ennemi. Et, si ça ne marchait pas, j'inventerais autre chose...

Un jour, je trouverai le moyen de l'anéantir.

Mon nom est Grimalkin. Je suis la tueuse du clan des Malkin, et je ne crains personne.

Alice
et le mangeur de cerveaux

1
Je m'appelle Alice Deane

Je m'appelle Alice Deane et je suis née dans l'un des clans de sorcières de Pendle. Je ne voulais pas être sorcière. Mais les choses ne sont pas toujours telles qu'on les a désirées.

Je n'ai pas oublié la nuit où ma tante, Lizzie l'Osseuse, est venue me chercher. J'étais bouleversée, c'est sûr, mais je ne me souviens pas d'avoir pleuré. Mon père et ma mère étaient en terre depuis trois jours, et je n'avais pas versé une larme. Ce n'était pourtant pas faute d'avoir essayé. Je m'efforçais de me rappeler les jours heureux. J'en trouvai quelques-uns, en dépit du fait qu'ils se battaient comme chat et chien et me flanquaient des taloches à me décrocher la tête. C'était tout de même mes parents qui venaient de mourir. Il y avait de quoi être retournée, non ?

Mon autre tante, Agnès Sowerbutts, m'avait prise chez elle ; elle souhaitait me donner une bonne éducation, un bon départ dans la vie. C'était une chance pour moi.

Cette journée d'été avait été caniculaire, et une forte tempête s'était levée dans la soirée. Des éclairs fourchus déchiraient le ciel ; les coups de tonnerre ébranlaient les murs du cottage, et les casseroles accrochées dans la cuisine s'entrechoquaient bruyamment. Ce n'était rien comparé au vacarme que produisit Lizzie. Elle tambourina contre la porte avec une violence à réveiller un mort. Dès qu'Agnès eut soulevé le loquet, Lizzie l'Osseuse fit irruption dans la pièce, ses cheveux noirs collés par la pluie. L'eau qui dégoulinait de sa cape trempait les dalles de pierre. Agnès fut terrifiée. Néanmoins, elle s'interposa bravement entre Lizzie et moi.

– Laisse la petite tranquille, déclara-t-elle avec fermeté. Cette maison est la sienne, à présent. Je veillerai bien sur elle, ne t'en fais pas.

Pour toute réponse, Lizzie émit un ricanement. On dit qu'il y a entre nous un air de famille, que je suis son portrait craché. Mais je n'aurais jamais pu imiter le rictus qui lui tordait le visage, ce soir-là.

C'était une grimace à faire tourner le lait et miauler les chats comme si le Malin en personne les tirait par la queue.

D'une voix coupante, emplie de malveillance, Lizzie déclara enfin :

– La fille m'appartient, Sowerbutts. Le même sang noir coule dans nos veines. Je lui apprendrai ce qu'elle doit savoir. Elle a besoin de moi.

– Alice ne deviendra pas une sorcière dans ton genre, répliqua Agnès. Ses parents n'avaient rien à voir avec la sorcellerie. Pourquoi devrait-elle suivre tes traces maudites ? Laisse-la ! Laisse la petite chez moi et occupe-toi de tes affaires.

– Du sang de sorcière coule dans ses veines, siffla Lizzie avec colère. Ce n'est pas à toi de l'élever, tu n'es qu'une étrangère.

C'était faux. Agnès était une Deane. Mais elle avait épousé un brave homme de Whalley, un chaudronnier. À la mort de son mari, elle était revenue à Roughlee, le village où vivait le clan des Deane.

– Je suis sa tante et je lui servirai désormais de mère, rétorqua Agnès.

Elle parlait toujours avec audace, mais elle était affreusement pâle. Je voyais trembloter son menton grassouillet.

Lizzie frappa du pied. Rien de plus. Aussitôt, le feu mourut dans l'âtre, la flamme des chandelles vacilla et s'éteignit. Un froid terrifiant envahit la pièce plongée dans le noir. Agnès poussa un cri d'effroi. Je criais moi aussi ; j'aurais fait n'importe quoi pour sortir de là : courir jusqu'à la porte, sauter par la fenêtre, escalader le conduit de cheminée. M'enfuir, c'était tout ce que je voulais.

Je suis bien sortie, en fin de compte, mais aux côtés de Lizzie. Elle avait refermé ses doigts sur mon poignet et m'avait tirée dehors. Résister n'aurait servi à rien. Elle était trop forte et me tenait trop serré ; ses ongles me perçaient la peau. Je lui appartenais, désormais ; je ne lui échapperais plus. Cette nuit même, elle entama mon éducation de sorcière. Ce fut le début de tous mes ennuis.

La première nuit que je passai dans son cottage fut la pire. Lizzie me présenta d'abord la vieillarde dont elle avait fait sa servante. Celle-ci nous accueillit sur le seuil, et sa mine n'avait rien d'amical.

Grande, laide, avec de longs cheveux gris qui lui tombaient à la taille, elle portait une blouse sale dont les manches courtes découvraient des bras si poilus et si musclés qu'ils auraient pu appartenir à un homme. Tout en elle me rebuta. Elle me fixa sans un mot.

— Voici Nanna Nuckle, me dit Lizzie. Une servante dévouée. Son seul défaut : elle ne supporte pas la lumière du jour. Elle dort donc la journée. Elle soulève aisément les plus lourds chaudrons tout en tenant à l'œil les filles rebelles. Tu as intérêt à lui obéir, petite. Elle te surveillera.

À peine rentrée dans la maison, elle m'enferma à clé dans une pièce sans fenêtre. Je n'avais jamais eu aussi peur de ma vie. Il faisait si noir que je ne distinguais même pas mes mains. Une drôle d'odeur flottait dans l'air. Un être était mort ici récemment, humain ou animal, je n'aurais su le dire. Mais il avait rendu son dernier souffle après une longue et douloureuse agonie. Je n'avais aucun mal à flairer cela.

Le flair est un don. Je suis née avec. J'ai toujours su m'en servir. Mais j'ignorais que, avec un bon entraînement, vous pouviez en faire un sens puissant, aussi utile que vos deux yeux. Ce fut la première leçon de Lizzie. Elle me tira de cette chambre puante bien avant l'aube pour m'emmener dehors. Trois petits feux brûlaient. Au-dessus de chacun était suspendu un chaudron noir fermé par un couvercle en bois.

— Eh bien, petite, fit Lizzie avec son rictus habituel, voyons voir si tu es douée. Dans l'un de ces pots cuit ton petit déjeuner. Que tu soulèves le bon ou le mauvais couvercle, tu mangeras le contenu de la marmite. À moins que ce ne soit lui qui te mange...

La tempête avait beaucoup rafraîchi la température. Frissonnant de peur autant que de froid, j'observai longuement les trois chaudrons. Les couvercles tressautaient sous la pression du bouillonnement, et de la vapeur s'échappait. Lizzie finit par perdre patience. Elle m'agrippa par l'épaule pour me pousser devant le chaudron de gauche :

– Décide-toi, ça vaudra mieux pour toi !

Elle me faisait mal ; ses ongles s'enfonçaient dans ma chair comme si elle voulait me transpercer jusqu'à l'os. J'obéis donc et reniflai à trois reprises.

Ça ne sentait pas bon. Il y avait là-dedans quelque chose de maléfique, je le devinais ; quelque chose de vivant qui aurait dû être mort ; quelque chose avec des pattes, qui remuait dans le liquide bouillonnant.

Lizzie me tira devant le chaudron du milieu. Je reniflai de nouveau trois fois, et n'aimai pas davantage ce que je sentis. C'était mou et gluant. Ça avait poussé dans la terre, mais ce n'était pas mangeable, j'en étais convaincue. Une bouchée de ce qui cuisait là-dedans, et votre sang se mettrait à bouillir, vos yeux enfleraient jusqu'à rouler hors de leurs orbites. Pour rien au monde je n'y aurais goûté.

Le troisième chaudron contenait du lapin, des morceaux tendres et délicieux dont la viande cuite à point se détachait toute seule des os. Un seul reniflement m'en assura.

– Je mangerai du lapin, dis-je en soulevant le couvercle.

– C'est exact, petite, approuva Lizzie. Ce matin, tu auras droit à un petit déjeuner. C'était facile. À présent, dis-moi : que contient le chaudron du milieu ?

– Quelque chose de vénéneux. Une bouchée suffit à vous tuer.

– De quel genre de poison s'agit-il ? insista Lizzie. Peux-tu distinguer les ingrédients ?

Je reniflai de nouveau :

– Des champignons, peut-être…

– Soulève le couvercle et jette un coup d'œil !

J'obéis et reculai aussitôt, craignant de respirer des émanations empoisonnées. Des morceaux de champignons tourbillonnaient dans le liquide bouillonnant.

– Il y a là-dedans neuf sortes de champignons vénéneux, m'apprit Lizzie. À la fin du mois, après trois reniflements, tu sauras nommer chacun par son nom. Tu vas avoir du boulot, petite. Mais le don en toi est puissant ; il ne demande qu'à être développé. Maintenant, soulève le troisième couvercle !

Ce chaudron m'effrayait. Qu'y avait-il à l'intérieur ? Quelle créature pouvait survivre dans l'eau bouillonnante ?

Voyant mon hésitation, Lizzie m'enfonça de nouveau ses ongles dans l'épaule. Elle me fit si mal qu'en dépit de ma peur je tendis la main vers le couvercle.

Comme je le soulevais prudemment, elle me lâcha et se recula. J'éprouvai un tel choc que j'urinai presque dans ma culotte. Un petit visage malveillant me regardait. La tête de la créature dépassait à peine de l'eau, mais je voyais son corps en dessous. Soudain, elle me sauta à la figure. Lâchant le couvercle, je m'accroupis vivement.

La chose hideuse passa au-dessus de moi. Je me retournai et vis qu'elle avait atterri sur la poitrine de Lizzie et se lovait sous son cou. Elle se contorsionna pour se faufiler sous ses vêtements.

— C'est Spig, mon petit compagnon, expliqua Lizzie avec un sourire attendri. Il est mes yeux, mon nez et mes oreilles. Rien ne lui échappe, à mon cher vieux Spig. Aussi, fais ce qu'on te dit de faire, sinon il le saura. Et, dès qu'il me l'aura rapporté, ça ira mal pour toi. Je t'apprendrai ce que souffrir signifie...

Si Lizzie utilisait principalement la magie des ossements, Spig lui était extrêmement utile. Son aspect était repoussant, et je sus au premier regard qu'il me créerait des ennuis.

Après avoir dévoré le délicieux lapin, je me sentis un peu mieux. Le reste du temps, je fus chargée de quelques tâches ménagères, rien de bien différent de ce que j'avais connu avec Agnès. J'allumai le feu dans la cuisine, lavai les casseroles, les plats et les couverts, préparai un ragoût de mouton pour le repas du soir. Nanna Nuckle ne fit rien. Elle ne sortit pas de sa chambre, puisqu'elle ne supportait pas la lumière du jour. Je ne comprenais pas pourquoi, étant donné qu'elle n'était pas sorcière. Quand j'interrogeai Lizzie, elle me conseilla de me mêler de mes affaires.

En revanche, je ne fis guère de ménage, sauf dans ma chambre. Apparemment, Lizzie se sentait à l'aise dans la saleté. Il y avait une chambre où je n'avais pas la permission d'entrer. Je supposai que c'était celle où Spig passait la plupart de son temps, et je n'aimais pas les bruits qui en sortaient. On aurait dit des plaintes, comme si quelqu'un souffrait. Aussi, j'évitais de rester à proximité.

Le bon côté des choses, c'est que j'avais survécu à la première épreuve imposée par Lizzie. Spig m'épouvantait. Mais, à part ça, vivre dans cette maison ne serait peut-être pas aussi terrible que je l'avais imaginé.

– Es-tu courageuse ? me demanda Lizzie quand j'eus achevé mon ouvrage. Une sorcière doit l'être. J'ai en tête quelque chose que seule une fille courageuse saura affronter.

J'acquiesçai en silence. Pour rien au monde, je n'aurais admis que j'étais déjà terrifiée, mais mes dents s'entrechoquèrent, ce qui arracha à Lizzie un sourire de satisfaction. Le soleil était couché depuis une demi-heure, et nous nous tenions dans la pièce de devant, plongée dans la pénombre. Une seule chandelle de cire noire vacillait sur le manteau de la cheminée, faisant danser d'étranges silhouettes dans les coins.

— Es-tu forte, petite ?
— Assez forte pour mon âge, bredouillai-je.
— Bien. La tâche est simple. Tu vas te rendre à la Combe aux Sorcières et me rapporter un flacon, enfoui au pied du plus grand chêne. Tu creuseras là où la lune projette l'ombre du tronc à minuit.

Je me mis à trembler de la tête aux pieds. La combe était peuplée de sorcières mortes. Elles sortaient la nuit, assoiffées de sang.

— Veux-tu devenir sorcière, petite ? insista Lizzie. Est-ce bien ce que tu désires ?

Je n'avais aucune envie de devenir sorcière, mais répondre non, c'était provoquer la colère de Lizzie. J'acquiesçai donc de nouveau.

— Alors, tu n'as rien à craindre des sorcières mortes. D'ailleurs, celles qui sont enterrées dans la combe ne te feraient guère de mal. Elles sont toutes sœurs dans la mort. Elles ne s'importunent pas les unes les autres et ne t'importuneront pas davantage. Va ! Assure-toi seulement d'être de retour avant l'aube. Le contenu du flacon s'altère à la lumière du jour.

2
Tu es née sorcière...

La Combe aux Sorcières était située dans le Triangle du Diable, au pied de la colline de Pendle, là où trois villages abritaient les clans des Deane, des Malkin et des Mouldheel. La nuit était si claire que seules quelques étoiles étaient visibles ; la lune croissante, presque pleine, argentait la pente ouest de la colline.

J'atteignis la combe peu avant minuit. Je n'avais pas le temps de lambiner, je m'enfonçai donc sous les arbres. L'endroit était lugubre. Sur le sol tacheté d'ombre et de lumière, les racines noueuses griffaient la terre, tels des doigts d'ogres. Les feuilles tombées à l'automne précédent formaient des tas épais autour de certains troncs. Ce détail me troubla. Peut-être avaient-elles été rassemblées là par le vent. Mais une explication plus inquiétante s'insinua dans mon cerveau : n'était-ce pas plutôt d'humides couvertures glaiseuses protégeant des os morts de la fraîcheur de la nuit ? Les repaires végétaux d'où des mains décharnées jaillissent pour saisir les chevilles des voyageurs imprudents ?

Cependant, je devais me fier aux assurances de Lizzie : les sorcières mortes ne me feraient pas de mal. Elles avaient oublié leurs anciennes rivalités de clans.

Or, je n'avais pas parcouru cent mètres que j'entendis derrière moi un bruit de pieds froissant les feuilles mortes. Une créature malfaisante me suivait...

Je me retournai pour la renifler. C'était bien une sorcière morte, mais je décelais en elle quelque chose de bizarre. Quand un rayon de lune la toucha, je compris : elle portait sa tête sous son bras comme une citrouille. Je sus aussitôt de qui il s'agissait.

C'était Gertrude la Hideuse, la plus vieille sorcière de la combe. Bien des années plus tôt, la tueuse Grimalkin l'avait décapitée. En l'occurrence, c'était ce qu'elle avait fait de mieux. Cela avait considérablement ralenti Gertrude. On raconte qu'il lui avait fallu un mois pour retrouver cette partie essentielle de sa personne. Aussi prenait-elle grand soin de ne pas la lâcher.

Gertrude se plaça en sorte de diriger son visage vers moi. La lune donnait à ses yeux chassieux des reflets de verre. Sa bouche blême remua, mais aucun son ne me parvint. La tête étant séparée du tronc, les cordes vocales ne fonctionnaient plus. Cependant, je pus lire sur les lèvres :

Qui es-tu ? À quel clan appartiens-tu ? Parle, tant qu'il reste un peu de souffle dans ta poitrine efflanquée !

– Je m'appelle Alice Deane, mais ma mère était une Malkin.

Alors, tu es à moitié Malkin. Je te laisserai donc vivre, bien que tu ne sois pas la bienvenue, petite. Les vivants n'ont rien à faire ici, ils devraient le savoir, ça vaudrait mieux pour eux...

Je me sentis glacée. Lizzie m'avait menti. Craignant de venir elle-même dans la combe à minuit, elle m'avait envoyée risquer ma peau à sa place.

– C'est Lizzie l'Osseuse qui m'a chargée d'une commission, expliquai-je. Il y a un flacon enterré au pied du plus grand chêne...

Gertrude s'approcha et tendis soudain le bras pour m'attirer vers elle. La puanteur qui m'emplit les narines me donna un haut-le-cœur.

Et tu fais tout ce que Lizzie te demande ?

— Elle dirige ma formation de sorcière. Je suis bien obligée de lui obéir.

Gertrude me renifla à trois reprises avant de reprendre :

Tu es née sorcière et sorcière toujours tu seras. Ce n'est pas à Lizzie de te former. Tu tiens tes dons de bien plus puissant qu'elle. Choisis quelqu'un d'autre pour te diriger !

— Je viens seulement d'arriver chez elle, dis-je. Ne puis-je attendre la fin de la semaine pour voir comment elle s'y prend ?

Je ne réussis pas à lire la réponse sur les lèvres de Gertrude. Puis je compris qu'elle riait.

Tu as perdu l'esprit, petite, émit enfin la bouche. Si Lizzie ne te convient pas, je peux t'enseigner tout ce que tu dois savoir. Je ne serais pas la première sorcière morte à former une jeune et à lui enseigner les arts obscurs. Je ne peux plus user de magie moi-même, je suis morte depuis trop longtemps. Mais je n'ai pas oublié comment il faut s'y prendre, et je vois que le pouvoir est en toi. Je t'apprendrais à le faire grandir. On formerait une bonne équipe, toi et moi. On s'entraiderait. Penses-y, petite ! Tu sais où me trouver. Maintenant, va ! Rapporte à Lizzie ce qu'elle t'envoie chercher. Je ne t'en empêcherai pas.

Je regardai la sorcière s'éloigner en traînant des pieds dans les feuilles, sa tête coincée sous son bras.

Elle était morte et elle puait, mais elle s'était montrée plus gentille que Lizzie.

Je m'enfonçai dans la combe jusqu'au plus grand chêne. À minuit pile, je creusai avec mes mains au pied de l'arbre, dans l'ombre projetée par la lune. J'eus vite découvert le flacon, car il n'était pas enterré très profond. C'était un petit récipient en terre. Le bouchon était fermé si serré que je n'aurais pas pu le dévisser. De toute façon, ça n'était pas mes affaires, Lizzie s'en occuperait. Je retournai donc à la maison.

– Bien joué, petite ! fit Lizzie avec un sourire torve. À présent, va te coucher ! J'ai du travail, et il te faudra encore des mois de formation avant d'être capable de m'assister.

Je montai dans ma chambre et me mis au lit. Je fus longue à m'endormir, car, chaque fois que je fermais les yeux, l'effrayante image de Gertrude m'apparaissait. Les bruits qui montaient du rez-de-chaussée ne m'aidaient pas non plus. Je croyais entendre des grognements de bête. Puis un très jeune enfant hurla à s'en arracher les poumons. Je finis cependant pas sombrer. Je dormis de longues heures et Lizzie ne me réveilla pas. Quand je me levai, l'après-midi touchait à sa fin.

– Voyons un peu ce que le chat nous a rapporté, railla Lizzie tandis que je descendais l'escalier, encore à demi abrutie. Puisque te voilà debout, prépare le souper ! J'ai grande envie d'un bon pot-au-feu. Je sors, je ne serai pas là avant la nuit. Je veux trouver un plat chaud à mon retour, et qu'il soit épicé comme il faut.

Avoir dormi si longtemps m'avait donné la migraine. Je fis une promenade pour m'éclaircir les idées. Je pris plaisir à marcher et rentrai plus tard que je ne l'avais prévu. Le soleil se couchait, et je n'avais pas commencé ma tâche. Je mis des morceaux de bœuf à bouillir dans la marmite. J'épluchai des oignons, des pommes de terre, des carottes et des betteraves, que je jetai dans le récipient. Je ne suis pas très bonne cuisinière. Le seul plat que je réussis, c'est le lapin à la broche cuit au feu de bois. Néanmoins, quand une demi-heure plus tard je goûtai une louchée de bouillon, il me parut savoureux.

Je n'avais plus qu'à mettre un couvercle et laisser le pot-au-feu mijoter jusqu'à l'arrivée de Lizzie. Je dus farfouiller un bon moment dans ses placards en désordre avant de dénicher un couvercle. Pendant que je le décrassais dans l'évier, j'entendis un bruit derrière moi, une sorte de clappement. Je me retournai. Rien. Perplexe, j'essuyai le couvercle et m'approchai de la marmite.

Alors, je fis un bond en arrière et lâchai le couvercle, qui rebondit sur le carrelage avec fracas. Deux yeux me regardaient, à la surface du bouillon. C'était

Spig, le petit compagnon de Lizzie. Seul le haut de sa tête était visible, le reste de son corps disparaissait dans la marmite. La bouche grande ouverte, il se mit à aspirer avidement le liquide brûlant.

– C'est le dîner de Lizzie, l'avertis-je. Si tu le manges, elle ne sera pas contente.

Les yeux de Spig s'écarquillèrent, mais il ne daigna pas me répondre. Il continua à s'empiffrer, comme incapable de se rassasier.

La colère me prit. Il n'y en aurait bientôt plus assez pour nous – même si manger du pot-au-feu dans lequel Spig avait trempé ne me tentait guère –, et c'est à moi que Lizzie s'en prendrait.

– Sors de là, espèce de sale cloporte ! aboyai-je.

La tête de Spig se dressa de telle sorte que je vis son maigre cou écailleux :

– Comment m'as-tu appelé ?

Il avait une voix étonnamment rauque et grave pour une si petite créature. Son intonation malveillante me donna la chair de poule.

– Je t'ai appelé espèce de sale cloporte, répétai-je. Ça ne se fait pas de plonger dans la soupe. Lizzie sera fâchée. Si tu ne sors pas tout de suite de cette marmite, je lui dirai tout !

Il jaillit d'un coup, et je reculai vivement, croyant qu'il voulait me sauter dessus. Il retomba à quelques pas de moi, grimpa se percher sur la cheminée.

Il dégoulinait de bouillon, qui se répandait en flaque autour de lui. Je pouvais vraiment l'observer pour la première fois.

Spig avait à peu près la taille d'un lapereau, mais il était tout en tête – la plus laide qu'on puisse imaginer : un petit nez crochu, des oreilles pointues, une large bouche toujours entrouverte, garnie de dents très longues, aussi fines que des aiguilles. Son corps recouvert d'écailles n'était pas plus gros qu'une pomme de terre. Le reste n'était que des jambes à triple articulation. Quatre se terminaient par des griffes acérées. La cinquième était la plus étrange : on aurait dit un long os plat dont un côté était aussi dentelé qu'une scie.

– Tu ne survivras pas longtemps dans cette maison, si tu me parles sur ce ton, gronda-t-il. Quant à tout raconter à Lizzie, tu perdrais ton temps. On est comme frère et sœur. Si elle devait choisir entre toi et moi, ce sont tes os à toi qui iraient bouillir dans la marmite. Tu es nouvelle ici, et si jeune que le lait te sort encore du nez. Aussi, je t'accorde une chance. Mais ne recommence pas, sinon tu es morte. Tiens-le-toi pour dit !

Sur ces mots, Spig sauta sur le sol et traversa la cuisine, laissant derrière lui une traînée grasse. Je dus nettoyer le carrelage après son passage.

Quand Lizzie fut de retour, je décidai de lui raconter ce qui s'était passé.

— Mange, petite, m'ordonna-t-elle. Pour travailler, il faut avoir des forces. Et ne t'inquiète pas. Spig a l'habitude de plonger dans les marmites pour goûter mes repas, ça m'est égal. Toutes les créatures ont le droit de se nourrir, on ne peut pas le leur reprocher. Le pot-au-feu n'est pas le plat favori de Spig. Quand il n'a pas soif de sang, il mange des cerveaux. Les cerveaux humains sont ses préférés, mais ceux des vaches et des moutons lui conviennent aussi. Un jour qu'il était très affamé, il a essayé de s'introduire dans le crâne d'un hérisson. Je n'avais jamais rien vu d'aussi drôle.

J'étais incapable d'avaler une bouchée. Abandonnant Lizzie devant son repas, je montai me coucher. Quelqu'un m'attendait devant la porte de ma chambre. C'était Nanna Nuckle, et elle paraissait contrariée. Elle s'écarta sur mon passage. Puis, comme je franchissais le seuil, elle me flanqua derrière la tête un coup si violent que j'en vis trente-six chandelles et manquai de m'étaler sur le plancher.

— Pourquoi avez-vous fait ça? demandai-je avec colère quand j'eus retrouvé mon équilibre.

— Tu m'as insultée, gamine! Je ne supporte pas qu'on m'insulte.

Puis elle traversa le palier d'un pas lourd pour retourner dans sa chambre.

Je ne l'avais pas insultée. De quoi parlait-elle ?

3

La tête de Nanna Nuckle

Le lendemain matin, j'eus une première leçon de Lizzie sur les plantes et les herbes. Elle ne s'en servait pas seulement pour empoisonner ses ennemis ou leur gangrener le cerveau, ce qui m'étonna. Elle m'apprit à reconnaître celles qui soignent et celles qui sont à la fois bienfaisantes et dangereuses.

L'une d'elles s'appelle la mandragore : en consommer peut vous faire tomber sans connaissance ; une dose trop forte, et vous ne vous réveillerez pas. Ou vous deviendrez fou. Mais elle combat aussi l'effet des poisons, calme la douleur d'une dent gâtée. Ses racines évoquent la forme d'un corps humain, et elles crient quand on les arrache du sol. J'aurais bien voulu en voir une. Malheureusement, d'après Lizzie, il est rare d'en trouver dans le Comté.

— Voici un sureau, dit-elle en me montrant un dessin en noir et blanc. Cet arbuste a des fleurs blanches et donne des baies rouges ou noires. En cataplasme, ses feuilles apaisent les contusions. Les baies guérissent les rhumes et la toux, soulagent les rhumatismes. Elles rendent leur vigueur aux agonisants, provoquant même parfois leur complète guérison.

Lizzie ne m'autorisait pas à noter ces informations. Selon elle, je devais développer ma mémoire. Une sorcière doit conserver l'essentiel de ses connaissances dans sa tête, ainsi, elle ne perd pas de temps à chercher dans les livres.

Comme elle devait s'absenter de nouveau dans l'après-midi, elle me conseilla de travailler dans sa bibliothèque et d'apprendre tout ce que je pourrais sur les champignons vénéneux.

Ce n'était pas vraiment une bibliothèque, seulement deux étagères accrochées au mur de la cave, sur lesquelles s'alignaient des bouquins moisis. Posant ma chandelle sur la table, j'examinai la première rangée, déchiffrant les titres sur les dos des livres. Je repérai trois grimoires couverts de toiles d'araignée – des manuels de magie noire. Je trouvai un ouvrage sur les champignons, et le tirai de l'étagère.

Mon regard fut alors attiré par un titre : *Petits compagnons : bon usage et mauvaises habitudes*.

Cela me parut beaucoup plus intéressant que l'étude des champignons. Je désirais en savoir plus à propos de Spig, l'occasion était trop belle ! Je m'emparai du volume.

Le premier chapitre dénombrait les différents types de compagnons et leur utilité selon les cas. Les crapauds, par exemple, convenaient aux vieilles sorcières qui avaient perdu leurs pouvoirs ; les sorcières d'eau, en revanche, avaient recours à eux à tout âge parce qu'ils étaient parfaitement adaptés au milieu marécageux.

J'appris aussi comment appâter son compagnon avec du sang. Si la plupart des sorcières se servent d'une soucoupe, certaines s'entaillent le bras et laissent la créature s'abreuver directement sur elles. Au bout de quelques mois, il se forme une sorte de mamelon qui facilite cette tétée d'un genre particulier. Ça ne donnait pas très envie d'être sorcière. Si jamais je le devenais, je ne me chercherais sûrement pas de petit compagnon...

Je feuilletai les pages suivantes, dans l'espoir d'en apprendre un peu plus sur la nature de Spig. Je ne trouvai rien, jusqu'à ce que j'arrive au dernier chapitre, particulièrement long. Il s'intitulait : « Les catégories de compagnons les plus puissantes et les plus dangereuses ».

Y étaient énumérées quantité de créatures étranges, y compris des gobelins et des bêtes aquatiques plus ou moins connues. Les autres, je n'avais jamais eu vent de leur existence. Certaines venaient peut-être des profondeurs de l'obscur, après avoir surgi dans notre monde par de mystérieux portails. Mais je n'avais pas le temps de tout lire.

Je tombai sur un paragraphe débutant par cet avertissement :

Ces types de compagnons sont difficiles à contrôler et peuvent présenter de sérieux dangers. La créature, de plus en plus menaçante, prend au fil des jours le rôle de dominant. C'est alors la sorcière qui devient sa servante.

Je découvris ensuite une série de croquis. L'auteur du livre avait représenté les diverses créatures citées. Sous le dessin, une légende indiquait leur nom et renvoyait à la page de référence.

Spig y était, classé dans la catégorie des « mangeurs de cerveaux ». Je m'apprêtais à chercher le passage correspondant quand je fus brusquement interrompue.

Un cri atroce retentit à l'étage, vibrant d'angoisse et de douleur. Qui avait crié ? Nanna Nuckle ?

Après la torgnole qu'elle m'avait flanquée la veille au soir, elle pouvait bien s'être rompu le cou en tombant dans les escaliers, ça m'était égal. Je quittai néanmoins la cave pour aller voir. Elle n'était ni dans la cuisine ni dans la pièce de devant. Elle ne gisait pas non plus en bas des marches. Dommage !

Je montai jusqu'à sa chambre. La porte était ouverte. Nanna était assise sur une chaise, à côté de son lit. Je ne pus retenir une exclamation d'effroi. Pendant une seconde, j'eus du mal à en croire mes yeux. C'était trop horrible...

Le sommet de son crâne avait été découpé et retombait devant son visage comme un couvercle ouvert, tout juste retenu par un morceau de peau. Et le crâne était vide. Spig avait tué Nanna ! Il lui avait mangé le cerveau !

Je dévalai les escaliers, complètement paniquée. Je n'avais plus qu'une idée en tête : courir le plus vite possible, le plus loin possible. Et si Spig avait encore faim ? Je serais sa prochaine victime !

Je m'enfuis dans les bois et me cachai dans les broussailles, guettant le retour de Lizzie. Elle saurait quoi faire. Il se mit bientôt à pleuvoir, et je fus vite trempée jusqu'aux os. Mais j'étais trop terrifiée pour rentrer me mettre à l'abri.

Lizzie ne revint qu'à la nuit tombée. J'entendis ses pas sur le sentier et m'élançai vers elle. Je n'avais jamais été aussi contente de la revoir.

— Qu'est-ce qui t'arrive, petite ? s'écria-t-elle en me voyant surgir.

— Spig a tué Nanna Nuckle ! lâchai-je. Il lui a découpé le crâne et lui a mangé le cerveau !

Au lieu de paraître choquée, Lizzie éclata de rire. C'était un rire puissant, sauvage, qui dut résonner à des miles de distance. Puis elle m'attrapa par le poignet et m'entraîna vers la maison. Nous montâmes droit à la chambre de Nanna Nuckle.

À ma totale stupéfaction, nous trouvâmes la grande femme endormie sur sa chaise, ronflant bruyamment, le menton sur la poitrine. Ses longs cheveux gris pendouillaient presque jusqu'à terre comme un rideau sale.

— Je l'ai vue ! protestai-je. Elle était morte, sa tête était ouverte en deux et son crâne était vide !

En guise de réponse, Lizzie repoussa le rideau de cheveux, dégageant le front de Nanna Nuckle pour me montrer une mince ligne rouge.

— Spig est dans son crâne, il dort. Je pourrais te montrer comme il est bien installé, mais mieux vaut ne pas le déranger. Il n'aime pas ça.

— Alors, il lui a dévoré le cerveau ?

— En effet. C'est arrivé il y a des années. À vrai dire, Nanna Nuckle n'avait plus beaucoup de cervelle ! Elle perdait la mémoire, n'arrivait plus à se concentrer. Elle avait cependant conservé toute sa force, et un grand corps comme le sien m'était très utile pour soulever les lourds chaudrons quand je faisais cuire mes potions et mes poisons. J'ai donc permis à Spig d'aspirer son cerveau. C'était un bon arrangement : il trouve le crâne de Nanna très confortable – de là, il peut regarder avec ses yeux, écouter avec ses oreilles et parler avec sa voix. Il se sert du corps puissant de Nanna Nuckle pour accomplir les gros travaux. Il passe la moitié de son temps là-dedans.

– Pourtant, j'ai entendu un cri affreux. C'est pour ça que je suis montée.

– Nanna Nuckle est morte depuis longtemps. Mais, quand Spig lui ouvre le crâne pour se glisser à l'intérieur ou pour en sortir, son corps se souvient de la douleur, et il lui arrive de gémir ou même de crier si Spig se montre un peu trop brutal. Quoi qu'il en soit, tu as l'explication, à présent. Aussi, tiens-toi tranquille et obéis. Ce bon vieux corps commence à s'user, et Spig va bientôt lui chercher un remplaçant. Fais en sorte que ce ne soit pas le tien, petite !

Je me mis au lit, soulagée d'ôter mes vêtements trempés. J'avais de quoi méditer, et je restai étendue dans le noir pendant plusieurs heures avant de sombrer enfin dans le sommeil.

Voilà pourquoi Nanna Nuckle m'avait frappée la veille au soir, me disais-je. Spig se vengeait parce que je l'avais appelé « espèce de sale cloporte ». C'était une créature dangereuse et malfaisante. Si je voulais survivre, je devais m'en débarrasser d'une manière ou d'une autre.

4
Cervelle et jus de pomme

Aucun évènement notable ne marqua les quatre jours suivants, et je m'installai peu à peu dans une sorte de routine. Bien sûr, je préférais les heures diurnes, où ni Spig ni Nanna Nuckle ne montraient ni pied ni patte.

Lizzie aimait dormir tard, le matin. Après que je lui avais servi son petit déjeuner, elle me donnait une leçon, le plus souvent la seule de la journée. La plupart consistaient en des exercices de mémoire. Lizzie me faisait apprendre par cœur les formules des sorts, que je devais ensuite lui réciter. Après quoi, je descendais dans sa petite bibliothèque pour y étudier les ouvrages qu'elle me conseillait.

L'après-midi, j'allais ramasser des herbes et des champignons avant de préparer le repas. C'est à cette occasion que la chose arriva...

Je cuisinais un ragoût de mouton. Lizzie avait égorgé une bête aux environs de Downham et l'avait rapportée sur ses épaules. L'ovidé n'avait d'ailleurs pas été sa seule victime, ce jour-là. Je l'avais vue tirer des pouces coupés du sachet de cuir qui ne la quittait jamais. Ils m'avaient paru bien petits ; sans doute avait-elle tué un enfant. J'avais détourné les yeux, horrifiée. Je ne pouvais m'imaginer une seconde utiliser un jour la magie des ossements.

Toujours est-il que je touillais mon ragoût quand Spig fit irruption. Il n'attendit même pas que j'aie le dos tourné. Il grimpa sur mon épaule et plongea directement dans le chaudron, m'éclaboussant de sauce grasse et brûlante. Il était là, à aspirer avidement le bouillon, sa hideuse petite tête émergeant à la surface.

Cette fois, je vis rouge :

— Sors de là, sale bestiole ! Sors de là tout de suite, espèce d'ordure ! Cesse de m'enquiquiner !

Spig bondit hors de la marmite et vint se percher de nouveau sur la cheminée. Il tremblait de rage, sa bouche se retroussait sur ses dents aussi pointues que des aiguilles. Quand il parla enfin, ce fut d'une voix basse, lourde de menaces :

– Toi, tu es morte ! C'est à la pleine lune que les cerveaux sont le plus délectables. Je mangerai le tien bientôt. Bientôt, je scierai le haut de ton crâne ; j'ai hâte de m'installer dedans.

Sur ces mots, il attaqua le manteau de la cheminée avec son étrange appendice dentelé, pénétrant le bois aussi facilement qu'une motte de beurre. Un peu de sciure tomba dans le foyer. Puis il sauta à terre et disparut, me laissant aussi tremblante qu'une feuille au vent.

Plus que quelques nuits, et ce serait la pleine lune. Que faire ? En parler à Lizzie ? Je pris ce parti, sans être certaine qu'elle m'aiderait.

– Spig a dit qu'il allait me dévorer le cerveau, déclarai-je quand elle s'attabla ce soir-là.

– Vraiment, petite ? Tu as dû faire quelque chose qui l'a énervé.

– Il a encore plongé dans la marmite. Je l'ai insulté et lui ai crié de sortir. Alors, il m'a menacée de me tuer à la pleine lune.

Lizzie continuait d'avaler de grosses cuillerées de ragoût sans même me regarder. Je demandai enfin :

– Est-ce que tu peux m'aider ?

Elle me lança un coup d'œil cruel, sans manifester une once de compassion :

– J'assure ta formation de sorcière. Si elle veut survivre, une sorcière doit être impitoyable. Tâche de t'entrer ça dans le crâne, avant que Spig ne te l'ouvre en deux! C'est une affaire entre lui et toi. À toi de t'en sortir. Compris?

Je fis oui de la tête. Je n'obtiendrais aucun secours de Lizzie, c'était clair.

— De toute façon, reprit-elle, tu vas retourner dans la combe. J'ai enterré un autre flacon entre les racines de ce gros chêne. Arrange-toi pour être de retour avant l'aube. Tu ne pourras pas compter sur la lune, cette nuit. Ce sera plus difficile.

C'était tristement vrai : il n'y avait pas le moindre rayon de lune. Une tempête arrivait de l'ouest ; le vent secouait les branches, la combe tout entière semblait gémir et craquer.

Je n'étais qu'à mi-chemin du gros chêne quand Gertrude la Hideuse vint à ma rencontre. Elle marchait vite pour une sorcière aussi vieille, qui portait de surcroît sa tête sous son bras.

Tu abandonnes Lizzie ? Tu viens travailler avec moi ? articulèrent ses lèvres blêmes.

— Je ne serai pas prête à ça avant longtemps, répondis-je.

C'est maintenant qu'il faut te décider, petite ! Nous nous rendrions de grands services, toi et moi. J'ai bien plus à t'apprendre que Lizzie. Je pourrais t'aider en bien des circonstances.

L'idée me traversa soudain que Gertrude était celle qu'il me fallait. Ça ne coûtait rien d'essayer. Je n'avais personne d'autre vers qui me tourner.

– Le problème, Gertrude, c'est que je ne pourrai peut-être jamais travailler avec vous. Je serai sans doute bientôt morte. Spig, le petit compagnon de Lizzie, va me dévorer le cerveau. Il le fera à la pleine lune. Et Lizzie ne veut pas s'en mêler. Elle dit que je dois me débrouiller pour survivre. Je ne sais pas quoi faire.

Il y a toujours un moyen, petite, surtout quand on a une amie dans mon genre. Sais-tu ce que contient ce flacon que Lizzie t'envoie déterrer ?

– Elle ne m'a pas laissée regarder dans celui que je lui ai rapporté la dernière fois. D'après elle, je ne suis pas encore capable de l'assister dans son travail.

Vraiment ? Eh bien, sache que ce flacon contient des morceaux de jeune cerveau fermentés dans du jus de pomme. Chaque fois que Lizzie coupe les pouces de l'une de ses victimes, elle lui ôte aussi un peu de cerveau pour offrir une friandise à Spig. Elle ne scie pas les crânes, cependant, elle emploie une autre méthode. Elle possède un outil spécial, qu'elle introduit par le nez dans le cerveau pour en prélever des parcelles. Elle les met ensuite dans le flacon avec le jus. Elle enterre le flacon entre les racines du chêne et attend quelques nuits, le temps que le contenu fermente. Le vieux Spig adore ça.

Cette combe est imprégnée de la magie qui suinte des sorcières mortes. La décoction l'absorbe et fournit à Spig de nouvelles forces pour accomplir les tâches que Lizzie lui impose.

– Donc, quand j'aurai rapporté le flacon, Spig sera plus dangereux que jamais ?

Oui. Mais ça commence par l'endormir. Lizzie ne le lui donnera pas avant demain soir pour qu'il se tienne tranquille, car elle devra sortir. Ce sera le moment. Profite de son sommeil pour le tuer. C'est ta seule chance. N'aie aucun scrupule, ce sera toi ou lui. Tue-le la nuit prochaine.

– Quel est le meilleur moyen ?

Munis-toi d'un couteau bien tranchant et coupe-lui les pattes. Il n'ira plus nulle part et mourra lentement de faim. Le mieux serait de l'enterrer sous une grosse pierre. Une pierre très lourde. Ça l'achèverait plus vite.

La nuit prochaine va se tenir une grande assemblée des trois clans, qui pourrait se prolonger plusieurs nuits. Les sorcières vont lancer une malédiction sur un épouvanteur qui sévit dans le Comté. Elles veulent sa mort. Il a causé de graves dommages à nos sœurs, ces dernières années, il mérite son châtiment. Lizzie est une solitaire, mais elle ne voudra pas manquer une réunion de cette importance. Elle te laissera à la maison en compagnie du vieux Spig. Alors, n'hésite pas ! Tue-le !

J'avais déjà tordu le cou à de petits animaux – des poulets, des lapins, des lièvres. Tout le monde le fait, il faut bien manger. Mais tuer une créature qui parle, c'est différent. Cette perspective ne me plaisait pas du tout. Seulement, c'était lui ou moi. Je n'avais guère le choix.

Dès mon retour, je remis le flacon à Lizzie et montai me coucher. Le lendemain, il pleuvait ; Lizzie était de bonne humeur. Elle ne prit même pas la peine de me donner une leçon. Elle resta toute la journée assise devant le feu, marmonnant je ne sais quoi. Je descendis donc à la bibliothèque pour relire l'ouvrage sur les petits compagnons des sorcières, et en particulier le dernier chapitre consacré aux mangeurs de cerveaux.

Ça ne m'apprit pas grand-chose sur la façon de me débarrasser de Spig. Les sorcières n'y ont manifestement jamais réfléchi. Leur but est de s'attirer les faveurs de ces créatures, pas de les tuer. Je trouvai cependant un paragraphe très instructif sur les goûts et les aversions des suceurs de cerveaux.

Les mangeurs de cerveaux résistent aux températures extrêmes et s'immergent dans les liquides bouillants, où ils barbotent pendant des heures avec délices.

Bien qu'ils sachent généralement se défendre, certaines de leurs faiblesses peuvent être exploitées par une sorcière ennemie. Leur tête et leur corps recouverts d'écailles sont à l'épreuve des lames les mieux aiguisées. Mais le sel a sur eux un effet corrosif. Même si les brûlures qu'il leur inflige ne sont pas mortelles, elles les affaiblissent et affectent leur mobilité.

Ils supportent mal le rayonnement du soleil et s'aventurent rarement à l'extérieur quand il fait jour. On peut les immobiliser en leur tranchant les pattes.

Cette dernière information me confirmait que Gertrude connaissait son affaire. Le livre ne m'en apprenait pas beaucoup plus. Le passage concernant le sel pouvait m'être utile, mais pas dans l'immédiat. Lizzie ne supportait pas cet ingrédient; il n'y en avait pas une seule pincée dans sa cuisine.

– Je vais être absente une nuit ou deux, peut-être plus, m'avertit Lizzie ce soir-là.

Elle s'immobilisa sur le seuil, les yeux levés vers la lune croissante.

– Ce sera bientôt la pleine lune, reprit-elle. Te trouverai-je ici à mon retour, petite ? Ou mon bon vieux Spig se sera-t-il installé dans ton crâne vide ?

Elle s'éloigna avec un rire moqueur et disparut derrière les arbres. Je refermai la porte, emplie d'appréhension, et me rendis dans la cuisine. Fouillant dans le tiroir aux couteaux, je m'emparai du plus gros et du plus tranchant. Puis je m'engageai dans l'escalier.

Autant ne pas perdre de temps ; j'avais hâte que tout soit terminé. Lizzie avait donné le flacon à Spig une heure avant son départ. J'espérais qu'il serait déjà endormi...

La porte de Nanna Nuckle était entrouverte, juste assez pour me permettre de jeter un coup d'œil. Nanna était assise sur la chaise. Un rayon de lune éclairait son crâne ouvert, dont le sommet pendait devant son visage. Où était Spig ?

Je l'entendis avant de le voir. De légers ronflements montaient du côté de la fenêtre. Je poussai lentement la porte et m'introduisis dans la chambre avec précaution. Il était là, roulé en boule sur le rebord de la fenêtre, deux de ses pattes repliées sous la masse hideuse de son petit corps et de sa grosse tête. Je m'approchai sur la pointe des pieds, le couteau levé.

Trois pattes pendaient dans le vide. Je n'avais qu'à les trancher d'un coup. Il bondirait sans doute sous l'effet de la peur et de la douleur, et je pourrais couper les deux autres. Mais j'hésitai, ma main se mit à trembler. Faire ça de sang-froid me paraissait horrible. Je n'arrivais pas à abattre le couteau.

Brusquement, Spig ouvrit les yeux, et son regard me cloua sur place.

– Tu voulais me tuer pendant mon sommeil, hein ? fit-il d'une voix dangereusement calme. Tu croyais que ce serait facile ? Eh bien, à présent, c'est mon tour.

Il se détendit comme un ressort. Je m'écartai vivement, mais je ne fus pas assez rapide. Il atterrit sur le sommet de ma tête, et ses griffes s'enfoncèrent dans mon cuir chevelu. Je poussai un cri, laissai tomber le couteau et tentai de me débarrasser de lui. Impossible. Il se cramponnait à mes cheveux. Puis je sentis avec horreur sa patte en forme de scie m'entailler l'arrière de la tête.

Je me jetai à genoux, hurlante, terrifiée. Spig allait me découper le crâne. Il ne me restait qu'une chose à tenter ; c'était ma dernière chance. Je courus à quatre pattes vers le mur et me cognai la tête de toutes mes forces. Spig couina de douleur. Deux fois encore je lui écrasai le corps contre la paroi. Il lâcha prise et tomba sur le plancher en se tortillant.

Il en fallait davantage pour venir à bout de lui, je le savais. Je me précipitai hors de la chambre, dévalai l'escalier, quittai la maison et me réfugiai sous les arbres. Là, je m'arrêtai, le regard fixé sur la porte pour voir s'il allait me poursuivre.

Je n'attendis pas longtemps avant de le voir sortir. Mais, cette fois, il était dans la tête de Nanna Nuckle. Je repris donc ma fuite sous les arbres, m'éloignant de plus en plus de la maison de Lizzie.

Malgré tout, je n'étais pas trop angoissée. Certes, si Nanna Nuckle m'attrapait, elle me tuerait sans hésitation de ses énormes mains. Encore fallait-il qu'elle m'attrape ! N'étant pas sorcière, elle ne pouvait me flairer à distance. Tant que je continuerais à zigzaguer, je serais en sécurité. Et elle rejoindrait sa chambre avant l'aube. Le pire était passé. Toutefois, Lizzie serait encore absente au moins une nuit. Au prochain crépuscule, je devrais de nouveau affronter Spig.

5

Sept grosses poignées de sel

Longtemps avant le lever du soleil, la grande carcasse de Nanna Nuckle était repartie pesamment vers la maison. Moi, je n'étais guère pressée de rentrer. J'avais matière à réfléchir.

Une des options qui s'offraient à moi était de m'enfuir. Mais où aller ? Si je me réfugiais chez mon autre tante, Agnès Sowerbutts, Lizzie me ramènerait de force. D'ailleurs, où que j'aille, elle me retrouverait certainement. Voulait-elle vraiment ma mort ? Voulait-elle vraiment que Spig me mange le cerveau ? Dans ce cas, pourquoi m'enseignait-elle la sorcellerie ? Avait-elle tout manigancé pour que je remplace le corps usé et ralenti de Nanna Nuckle ?

« Si elle veut survivre, une sorcière doit être impitoyable », m'avait-elle dit. C'était en contradiction avec mes autres hypothèses. Survivre ? Eh bien, j'allais m'y efforcer. C'était moi ou Spig. L'un de nous deux devait mourir, et ce ne serait pas moi. Il était vulnérable à la lumière du jour, et il ne me croyait sûrement pas assez brave pour revenir à la maison.

Ça me donnait un avantage. Mais encore ?

« Raisonne ! me disais-je. Sers-toi de toutes tes connaissances... »

Le sel ! Le sel le ralentirait et affecterait sa mobilité. Il ne me sauterait plus sur la tête aussi aisément. Où mettre la main sur du sel ? Pas dans les villages alentour, peuplés de sorcières qui ne peuvent toucher cet ingrédient. Moi, par chance, je le pouvais encore. Je devais descendre vers le sud et m'aventurer hors du district de Pendle.

Je m'arrêtai au bord d'un ruisseau pour me laver. Mes cheveux étaient maculés de sang, là où Spig avait tenté de m'ouvrir le crâne. Même si sa scie osseuse n'avait pas pénétré trop profondément, la plaie était douloureuse, et quelques mèches me restèrent dans la main.

Je ne suis pas une voleuse. Je ne prends jamais rien qui ne m'appartient pas. Mais j'étais dans une situation désespérée. D'ailleurs, le sel n'est pas cher et il ne m'en fallait pas beaucoup. Je vis un fermier et sa femme qui travaillaient dans un champ. Je me glissai dans leur remise. Il y avait plusieurs gros sacs de sel. Ayant déniché un morceau de chiffon, j'en enveloppai la quantité qui m'était nécessaire : sept grosses poignées. Cela fait, je repris le chemin du retour.

L'après-midi touchait à sa fin quand je rejoignis la maison. J'avais tout le temps de me préparer. Je montai d'abord à l'étage voir ce qu'il en était. Je m'étais munie d'un couteau et d'une poignée de sel, au cas où.

Je poussai la porte de la chambre. Les lourds rideaux étaient tirés, et il faisait très sombre. Quand mes yeux se furent habitués à la semi-obscurité, j'entrai sur la pointe des pieds. Nanna Nuckle était assise sur sa chaise, comme à l'ordinaire, la calotte de son crâne retombant devant son visage. Spig n'était pas là.

Il n'était pas idiot. Il s'était caché quelque part pour attendre la nuit. Une autre idée me vint alors. Je devais tirer avantage de la situation. Au bout d'une demi-heure de réflexion, j'avais établi mon plan.

Je descendis à la cuisine et me préparai de quoi dîner. Après quoi, je fouillai la maison à la recherche d'objets qui me seraient utiles. Les affaires de Lizzie étaient dans le plus grand désordre, et je perdis pas mal de temps. Je finis par mettre la main sur un coutelas à viande, plus gros qu'un couteau ordinaire, exactement ce qu'il me fallait.

Un peu avant le crépuscule, je retournai dans la chambre de Spig pour procéder à quelques aménagements. Quand ce fut fait, je me mis à arpenter la pièce, de plus en plus nerveuse. Puis, quand il fit complètement nuit, je me dissimulai derrière la porte, le coutelas dans une main, une poignée de sel dans l'autre.

Lorsque Spig franchit le seuil, je n'entendis que le léger tapotement de ses pattes grêles sur le plancher. Mes mains tremblaient tant j'avais peur. Je n'avais pas droit à l'erreur.

Il me vit, trop tard. Je lui avais jeté à la tête ma poignée de sel. J'avais bien visé. Il hurla et se tordit sur le sol, agitant convulsivement ses pattes. Je levai le coutelas. Toutefois, je ne lui tranchai pas les pattes, comme Gertrude me l'avait conseillé. Pour ce que j'avais prévu, il devait les conserver. Je ne coupai que son espèce de scie osseuse, sur laquelle j'abattis ma lame de toute ma force. Elle s'enfonça si profondément dans le plancher que je ne pus la retirer. Qu'importe, je n'en avais plus besoin.

Après avoir crié une longue minute, Spig se tut soudain et me regarda, ouvrant et refermant la bouche. Ses longues dents aiguës brillaient dans la pénombre. Si ses pattes s'agitaient toujours, je ne craignais plus qu'il me saute sur la tête.

– Tu m'as estropié, couina-t-il. Je vais te tuer.

– Tu l'as déjà dit, répliquai-je. Pourtant, je suis toujours là. Et, quand tu seras mort, j'y serai encore. Tu ne peux plus me scier le crâne, à présent !

– Ma patte-scie va repousser, ce ne sera pas long. Tu ne savais pas ça, hein ? Toutes mes pattes repoussent. Et tu souhaiteras n'être jamais née. Je vais détacher ta sale petite tête de ton cou !

Sur ces mots, il bondit sur Nanna Nuckle ; c'était ce que j'espérais. Il comptait utiliser ce grand corps puissant pour m'assommer proprement. Il manqua son but et retomba sur le plancher. Il dut s'y reprendre à cinq fois pour retrouver sa place dans le crâne vide.

Il avait à peine réussi qu'il poussa un nouveau hurlement. Je lui avais jeté une deuxième poignée de sel. Les cinq restantes, j'en avais rempli le crâne de Nanna Nuckle.

Dès qu'il fut à l'intérieur, je ne perdis pas une seconde. Je refermai la calotte crânienne avec du fil et une aiguille que j'avais fini par dénicher dans le fouillis de Lizzie. Si mes points n'étaient pas très réguliers, ils étaient bien serrés. Nanna Nuckle se tordait sur sa chaise en grognant, de la salive lui dégoulinait sur le menton. Spig était prisonnier, et sa patte-scie ne repousserait sûrement pas assez vite pour le sauver.

Quand je revins dans la chambre, le lendemain matin, Nanna Nuckle était parfaitement immobile. Je tirai les rideaux, et un rayon de soleil illumina son visage. Elle semblait morte. Je n'aurais su dire si Spig était encore vivant dans sa prison d'os, mais, en approchant mon oreille, je ne perçus aucun bruit. Je n'étais cependant pas au bout de mes peines. Il me restait à affronter Lizzie.

J'étais assise sur un tabouret, devant le feu, quand elle rentra, en fin d'après-midi.

– Tiens, te voilà ? fit-elle. Je pensais te trouver morte.

– C'est Spig qui est mort, dis-je. Je l'ai tué.

– Et moi, je suis la petite sirène, ironisa Lizzie.

– Je ne plaisante pas. Il est à l'étage.

Lizzie dut comprendre à mon expression que je disais la vérité, car sa bouche se tordit de colère. Elle m'attrapa par le poignet et me tira en haut des escaliers. Elle examina attentivement Nanna Nuckle, suivit du doigt la ligne serrée de points autour de son crâne, approcha le nez et renifla trois fois. Enfin, elle secoua la tête.

– Ce que je n'arrive pas à comprendre, grommela-t-elle, c'est pourquoi il ne s'est pas servi de sa scie pour sortir...

Son regard fit le tour de la chambre. Elle remarqua alors le coutelas, enfoncé dans le plancher, et l'os dentelé qui gisait à côté, avec son moignon sanglant.

– Je lui ai jeté du sel, expliquai-je, et j'en avais rempli le crâne. Quand il a sauté à l'intérieur, je l'ai enfermé et j'ai tout cousu.

Lizzie demeura muette, sans quitter des yeux le visage de Nanna Nuckle.

– C'était lui ou moi, repris-je. Je devais me débrouiller pour m'en sortir, c'est ce que tu m'as dit. Eh bien, je me suis débrouillée, non ?

– Prends-la par les pieds, je la soulève par les épaules. On ne peut pas la laisser pourrir ici.

Nous enterrâmes Nanna Nuckle dans les bois. Deux corps dans une seule tombe. Je revins ensuite à la maison avec Lizzie, me demandant ce qui allait se passer. Après ce que je venais de vivre, j'étais au-delà de la peur. Je me fichais comme d'une guigne de ce qui m'arriverait.

Nous nous assîmes devant la cheminée, et il y eut un long silence.

Lizzie parla enfin, les yeux fixés sur les flammes :

– Dans un sens, petite, tu m'as rendu service. La compagnie d'un être aussi puissant que Spig n'est pas sans danger. Peu à peu, il tente de prendre le pouvoir. Ces derniers temps, je devais tuer même quand je n'avais pas besoin d'ossements, rien que pour qu'il soit satisfait et ne manque jamais de sa friandise favorite : des morceaux de cerveau macérés dans du jus de pomme. Il commençait à me contrôler et, dans ces cas-là, une sorcière a intérêt à se débarrasser de son compagnon et à s'en trouver un autre. Spig et moi étions très proches, et je n'arrivais pas à prendre cette décision. J'espérais donc à moitié que tu ferais le travail pour moi. Et tu l'as fort bien fait, petite. Tu me rappelles ce que j'étais à ton âge.

Avec un sourire entendu, elle ajouta :
– Tu pourrais presque être ma fille...

J'avais surmonté l'épreuve de mes premières semaines avec Lizzie l'Osseuse. Et j'en tirai une leçon pour mon avenir. Je ne boirais pas le sang de victimes humaines, je ne leur prendrais pas leurs os. Mais j'avais bien l'intention d'apprendre tous les tours qui me protégeraient des autres sorcières et de quiconque tenterait de me faire du mal.

Je survivrai, c'est sûr. Aussi sûr que je m'appelle Alice Deane.

La banshie

1
Une rude leçon

Mon adversaire était grand, puissant et impitoyable ; je n'avais pas le droit à l'erreur. Il tenait un long couteau dans une main et une lourde massue dans l'autre, et il savait s'en servir.

Il chargea avec un rugissement furieux en balançant sa massue. Je réussis à la bloquer, mais l'impact résonna si douloureusement dans mon épaule et dans mon bras que je faillis lâcher mon bâton. Je grognai, reculai en décrivant un arc de cercle.

Le combat se déroulait dans une vieille taverne abandonnée. Après une course-poursuite à travers bois, croyant avoir semé mon assaillant, j'avais trouvé refuge dans ces ruines. Grave erreur ! À présent, j'étais en mauvaise posture.

Nous nous battions dans un espace confiné, une cave obscure où l'on n'accédait que par une seule porte. Des marches menaient au rez-de-chaussée, mais l'autre me barrait le chemin. Aucun espoir de m'échapper. Je tentai une feinte avec mon bâton. Quand il voulut parer le coup, je changeai l'axe du mouvement et le frappai à la tempe. Le choc le fit vaciller, il dut mettre un genou à terre. Je le frappai de nouveau, et j'entendis son épaule craquer. Je m'élançai alors vers les marches, vers la porte ouverte, en haut.

Le couteau s'enfonça dans le bois en vibrant à un pouce de ma tête. Des pas lourds résonnèrent derrière moi. J'allais atteindre la porte quand il me sauta dessus par-derrière. Je m'étalai, face la première. Un bras me saisit par le cou, me serra la trachée. Il allait m'étrangler.

Je me débattis, me tortillai comme un ver, lançai des coups de pied. En vain. Je n'avais pas lâché mon bâton, mais, dans cette position, je ne pouvais pas m'en servir. Je commençais à étouffer, un voile noir me passa devant les yeux...

Je frappai trois fois le sol de ma main libre. Mon assaillant relâcha aussitôt la pression et se redressa.

Je me remis sur mes pieds, chancelant, soulagé de sentir l'air pénétrer de nouveau dans mes poumons.

– Tu n'es pas au mieux de ta forme, Tom Ward, dit-il en secouant la tête. Ne cherche jamais refuge dans une pièce ne comportant qu'une seule issue. Et ne tourne jamais le dos à un ennemi armé d'un couteau. J'aurais pu te planter le mien dans la nuque les yeux fermés. Cela dit, tu t'es bien servi de ton bâton.

Je hochai la tête en silence. Je savais qu'il ne m'aurait pas poignardé par-derrière. Il était censé m'entraîner, pas me tuer. J'avais saisi une chance de m'échapper, j'avais été à deux doigts de réussir.

En tant qu'apprenti épouvanteur, j'étudiais toutes les façons d'affronter les différentes créatures de l'obscur, fantômes, spectres, gobelins et sorcières. L'homme au crâne chauve qui me faisait face, trapu et musculeux, s'appelait Bill Arkwright. Mon maître, John Gregory, m'avait envoyé à lui pour qu'il s'occupe de mon entraînement physique : lutte à mains nues, combat au bâton, techniques de traque et de poursuite.

Je le suivis hors du bâtiment. Nous fûmes bientôt sur le sentier du canal, en route vers le moulin délabré où il habitait. Arkwright veillait sur une partie du Comté située au nord de Caster. Il s'était spécialisé dans la lutte contre tout ce qui hante les lacs, les étangs, les canaux et les zones marécageuses, nombreux dans cette région – particulièrement les sorcières d'eau. On y trouvait aussi des êtres monstrueux comme les vers, les selkies et les skelts. Je n'en avais jamais vu, sinon dans le Bestiaire, l'encyclopédie des créatures de l'obscur que mon maître, John Gregory, avait illustrée de sa main.

Nous avions détruit quelques jours plus tôt une sorcière d'eau nommée Morwène, et John Gregory était à présent reparti dans sa maison de Chipenden, sans moi. Les derniers mois que je passerais sous la gouverne de Bill Arkwright promettaient d'être les plus durs de ma formation. J'étais couvert d'ecchymoses. Les exercices pratiques étaient brutaux. Mon nouveau maître ne me ménageait pas. Toutefois, je faisais de réels progrès.

Le moulin d'Arkwright avait été hanté par les fantômes de ses parents, en dépit de ses efforts pour les libérer. Il en avait conçu une grande amertume, qui l'avait poussé à boire. J'avais pu l'aider à délivrer leurs âmes en peine, qui étaient parties vers la lumière. À mesure que son chagrin et sa colère se dissipaient, Arkwright avait changé. Désormais, il ne buvait plus que rarement et il avait meilleur caractère. Je continuais de préférer John Gregory, mais Bill Arkwright était un maître efficace. Malgré ses manières rudes, j'apprenais à le respecter.

Néanmoins, il était sans pitié. John Gregory laissait la vie aux sorcières, les gardant enfermées à perpétuité dans des fosses. Bill Arkwright les emprisonnait pendant une période limitée. Puis il les tuait et leur arrachait le cœur de sorte qu'elles ne puissent plus revenir, ni mortes ni vivantes.

Le brouillard envahissait le chemin de halage et, bien avant que nous arrivions en vue de la potence où pendait la cloche, nous l'entendîmes sonner. Trois coups. Cela signifiait qu'on requérait les services de l'Épouvanteur. Arkwright pressa le pas, et je le suivis.

Une femme d'âge moyen attendait sur la rive du canal. Un chapeau à larges bords lui cachait les yeux. Elle portait des bas noirs et des galoches de cuir à semelle plate. Sans doute était-elle domestique dans un domaine des environs.

Mon hypothèse se révéla exacte.

– Je vous souhaite le bonjour, monsieur, dit-elle en esquissant une révérence. Êtes-vous bien monsieur Arkwright ?

Je dissimulai un sourire. Avec son grand manteau à capuchon et son bâton muni d'une lame acérée, il ne pouvait être que l'épouvanteur local.

– Oui, je suis Bill Arkwright. Qu'est-ce qui vous amène ici, par cette froide et humide journée d'hiver ?

— C'est Mme Wicklow, de Lune Hall, qui m'envoie. Elle voudrait vous voir le plus vite possible. On a entendu deux nuits d'affilée les cris d'une banshie, et on a affreusement peur. Le jardinier l'a vue sur la rive du lac, près du pont. Elle lavait un linceul, signe que quelqu'un va bientôt mourir.

— Ça, laissez-moi en être juge, déclara Arkwright.

— Ma maîtresse pense que ce sera son mari...

Arkwright leva un sourcil :

— Est-il en bonne santé ?

— Il a fait une chute de cheval, cet automne, et s'est cassé une jambe. Peu après, il a contracté une pneumonie, et souffre toujours d'une mauvaise toux. Ma maîtresse dit qu'il n'est plus l'homme qu'il était. Son état empire d'heure en heure...

— Annoncez à votre maîtresse que je serai chez elle avant la nuit.

La servante le salua d'une nouvelle révérence et, tout en marmonnant des remerciements, elle repartit vers le nord.

— Une perte de temps, soupira Arkwright en la regardant disparaître dans le brouillard. Il n'y a rien qu'un épouvanteur puisse faire contre une banshie. Ces créatures sont annonciatrices de mort, elles n'apportent pas la mort elles-mêmes.

— M. Gregory n'y croit pas, dis-je. Selon lui, personne ne peut prédire l'avenir.

– Ton maître estimerait sans doute qu'il s'agit de coïncidences, reprit Arkwright en passant la main sur son crâne chauve. Mais toi et moi avons le même sentiment là-dessus, n'est-ce pas ? Il y a du vrai, dans cette croyance. Certaines personnes, et certaines entités comme les banshies, sont capables de lire dans le futur. Il est donc très probable que M. Wicklow ou quelqu'un de sa maisonnée meure avant la fin de la semaine. Ce ne sera pas la banshie la coupable. Elle sent la mort approcher, rien de plus.

– Pourquoi nous rendre là-bas, en ce cas ?

Arkwright fronça les sourcils :

– Les gens attendent de nous une aide. Ils se sentent mieux si nous sommes auprès d'eux en ces circonstances. Nous sommes comme ces médecins qui visitent régulièrement un patient agonisant. Ils ne peuvent plus rien pour lui, parfois pas même alléger ses souffrances. Ils viennent, néanmoins, car cela fait du bien au malade et à sa famille.

Nous avons une autre bonne raison d'y aller : l'argent. Nous n'avons eu que peu de clients, ces derniers temps. Bien que j'aie tué des sorcières d'eau, personne ne me donnera un sou pour ma peine. Notre garde-manger est vide, Tom Ward. On ne va pas déjeuner de poisson tous les jours. Les maîtres d'une grande maison comme celle-ci paient bien leurs fournisseurs. Ils peuvent se le permettre.

Autant avoir notre part. Et, si ces deux premières raisons ne te semblent pas suffisantes, la troisième te concerne : en tant qu'apprenti, tu ne peux laisser passer l'occasion de voir et d'entendre une banshie. Apprendre à quelles limites est soumis un épouvanteur fait partie de ta formation. Comme je te l'ai dit, il y a des manifestations devant lesquelles nous sommes impuissants.

2

La laveuse de linceul

Une heure plus tard, chargés de nos sacs et de nos bâtons, nous prîmes la route du Nord. En temps ordinaire, nous aurions emmené Griffe, la grande chienne qu'Arkwright utilisait pour chasser les sorcières d'eau dans les marais. Mais elle attendait des petits et allait mettre bas d'un moment à l'autre.

– Espérons qu'on nous offrira un souper et une boisson chaude, grommela Arkwright quand nous quittâmes les rives du canal. C'est une sale nuit pour monter la garde.

Nous marchions depuis une demi-heure à peine quand une silhouette poussa une barrière et se dirigea vers nous. C'était un fermier rougeaud qui avançait à grands pas dans ses grosses bottes boueuses. La mine accablée, il semblait porter le poids du monde sur ses épaules.

— Les ennuis commencent..., grommela Arkwright en regardant le bonhomme approcher. Il n'a pas bonne presse auprès de ses créanciers, le père Dalton. Il doit de l'argent à la moitié des commerçants du coin.

Le fermier se planta devant nous :

— C'est une chance que je vous rencontre, monsieur Arkwright. J'ai perdu trois moutons en une seule nuit, dans une pâture. Celle qui borde le lac.

— Perdu ? Qu'entendez-vous par là ? Ils ont disparu ? Ils ont été mangés ? Vidés de leur sang ?

— Vidés de leur sang.

— Et les blessures ? Grosses ? Petites ?

— De profondes marques de piqûres le long du cou et sur le dos.

— Trois en une nuit, dites-vous ? Ce n'est pas l'œuvre d'un gobelin éventreur, sinon, vous les auriez retrouvés les entrailles à l'air. Le coupable est probablement une sorcière d'eau. Quoique... Elles s'en prennent rarement aux animaux. Peut-être est-elle blessée, incapable de s'attaquer à des proies humaines ? Ce qui ne la rend pas moins dangereuse ; elle pourrait même s'approcher de la ferme.

– J'ai de jeunes enfants...

– Ils seront en sécurité tant que vous garderez portes et fenêtres closes. Je vais m'occuper de ça, mais je tiens à être payé.

– Je n'aurai pas d'argent avant la foire de printemps.

– Je ne patienterai pas jusque-là, fit Arkwright d'un ton sans réplique. Vous me paierez en viande et en fromage. Une semaine de nourriture. Marché conclu ?

Le fermier acquiesça, visiblement à contrecœur.

– Je serai près de chez vous à la nuit tombée, reprit Arkwright. Je dois d'abord m'acquitter d'une autre tâche.

L'homme nous regarda partir, la mine plus sombre que jamais. Puis repassa la barrière et se dirigea vers sa ferme.

Le brouillard s'épaississait, ralentissant notre progression. Nous n'atteignîmes le manoir qu'à l'approche du crépuscule. Édifiée au milieu d'un vaste domaine, Lune Hall était une bâtisse imposante, ornée d'élégantes tourelles. Derrière, on apercevait un lac, avec une île au milieu, reliée au jardin principal par un pont étroit aux rambardes ouvragées. Au-delà du lac, derrière un petit bois, s'élevait une sorte de tumulus.

– Est-ce une ancienne sépulture ? demandai-je.

— En effet, Tom Ward. Celle d'un important chef celtique, à ce qu'on raconte.

Les Celtes étaient arrivés dans le Comté à l'époque où le « Petit Peuple », qui l'habitait à l'origine, était sur son déclin. Des siècles plus tard, ils avaient traversé la mer pour aller s'installer sur une grande île, appelée « Irlande ».

Je reportai mon attention sur le bâtiment. Seuls des lords, des dames, des chevaliers et leurs écuyers étaient dignes de franchir la haute porte d'une telle demeure. Arkwright se dirigea vers l'entrée des fournisseurs, située à l'arrière. Il frappa. La domestique qui était venue nous chercher au moulin vint nous ouvrir. Elle nous fit entrer dans la cuisine et, sans qu'on lui eût rien demandé, nous servit à chacun un bol de soupe bien chaude, accompagné de larges tranches de pain généreusement beurrées. Nous nous attablâmes. Quand nous eûmes pris notre repas, la femme nous précéda le long d'un corridor aux murs lambrissés. Il aboutissait à une cour intérieure, où nous attendait une femme de petite taille. Son costume sombre à la coupe élégante détonnait avec ses robustes chaussures de marche.

— Voici monsieur Arkwright, annonça la servante.

Elle repartit par où elle était venue, nous laissant seuls avec sa maîtresse.

Celle-ci nous adressa un sourire chaleureux :

– Bonsoir, monsieur Arkwright. Ce jeune homme est-il votre apprenti ?

À son accent, je compris qu'elle était originaire d'Irlande. Au temps où j'allais au marché de Topley avec mon père, on voyait de nombreux marchands de chevaux venus de là-bas. Ils organisaient des courses le long des routes boueuses.

– En effet, madame, dit Arkwright en s'inclinant. Il s'appelle Tom Ward.

– Je vous remercie d'être venus si promptement, reprit-elle. Je crains pour la vie de mon mari. Sa toux empire d'heure en heure.

– Un médecin l'a-t-il examiné ?

– Le médecin vient deux fois par jour. Il ne s'explique pas cette soudaine détérioration. Mon mari s'était parfaitement remis d'une pneumonie. Pourquoi va-t-il aussi mal, à présent ? J'ai peur que la banshie ne l'ait marqué du sceau de la mort. Vous êtes mon dernier espoir de le sauver. Suivez-moi, je vais vous montrer où elle est apparue.

Le jardin, dénudé par l'hiver, devait être une splendeur au printemps et en été. Le sentier que nous suivions serpentait entre des tonnelles et des charmilles. Les arbustes d'ornement cédaient peu à peu la place à un bois de chênes et de frênes aux abords du lac.

Mme Wicklow nous conduisit jusqu'au pont menant à l'île, au milieu du lac.

— Dans mon pays, nous dit-elle, la banshie appartient au peuple des fées...

— Nous avons trop à faire avec les créatures de l'obscur pour croire aux fées, madame, répliqua Arkwright.

— Je n'en doute pas, monsieur. Cependant, la menace est réelle. J'ai entendu son cri, un cri à vous glacer le sang. Et Matthieu, mon jardinier, l'a vue. Tenez, le voici...

Le jardinier sortit de l'ombre et nous salua avec respect en soulevant sa casquette. C'était un vieil homme, au visage buriné par la vie au grand air. Entretenir un jardin de cette taille devait être une rude tâche pour quelqu'un d'aussi âgé.

— Racontez à ces messieurs ce que vous avez vu, Matthieu, lui ordonna la maîtresse des lieux.

L'homme désigna le lac :

— C'était là-bas. Je me tenais sur le pont et j'étais en train de me dire que j'allais devoir désépaissir les nénuphars. Elle s'est agenouillée sur la rive et...

— De ce côté ou sur l'île ? l'interrompit Arkwright.

— De ce côté, monsieur, juste au bord de l'eau. Elle s'est mise à laver quelque chose. Une sorte de linceul. La pleine lune l'éclairait, et j'ai distingué des taches sombres sur le tissu. J'étais pétrifié, incapable de détourner les yeux. Elle plongeait le drap dans l'eau, puis elle l'essorait, mais les taches ne partaient pas. Soudain, elle a levé la tête et elle m'a regardé. Elle a poussé un cri si affreux que j'ai cru mourir de peur. L'instant d'après, elle avait disparu. Je n'oublierais jamais cette vision.

– À quoi ressemblait-elle ? Était-elle jeune ou vieille ?

– C'est ça le plus étrange, monsieur. Elle était jeune et fort belle. Qu'un cri aussi horrible ait pu sortir d'une aussi jolie bouche, c'est difficile à croire.

Arkwright se tourna vers Mme Wicklow :

– Eh bien, madame, nous allons veiller ici cette nuit. Faites en sorte que personne n'approche cette partie du jardin pendant au moins vingt-quatre heures. Nous devrions savoir alors ce qu'il en est.

– Je m'en remets à vous, monsieur Arkwright. Je sens qu'on peut vous faire confiance. Si quelqu'un est capable de sauver mon mari, c'est vous.

Il s'inclina. La maîtresse des lieux nous adressa un petit sourire, puis repartit en direction de la maison.

J'observai Arkwright. Et la sorcière d'eau dont nous avait parlé le fermier ? Avait-il oublié sa promesse ? J'allais l'interroger quand il me regarda en secouant tristement la tête :

– Je crains que nous ne puissions rien faire. Si le mari de Mme Wicklow doit mourir, il mourra. Et ni toi ni moi n'y changerons rien. Mais il était inutile de le lui dire.

Son attitude me déplaisait. John Gregory, lui, n'aurait pas dissimulé la vérité. Cependant, je n'osai pas lui en faire la réflexion. Mon nouveau maître avait ses règles à lui. Et il répondit bientôt à ma question à propos du fermier :

– Eh bien, Tom Ward, je vais aller m'occuper de cette sorcière d'eau. Je reviendrai demain. Mieux vaut laisser croire que nous montons la garde tous les deux. Donc, quand tu retourneras à la cuisine à l'aube, on te donnera deux petits déjeuners à rapporter ici. Une aubaine, hein ?

– Avant ça, la nuit va être longue et froide, grommelai-je. Et ça ne me plaît pas de tromper Mme Wicklow.

Avec un haussement d'épaules, il rétorqua :

– Tu vas avoir la tâche la plus facile. Oublie ces bêtises à propos du peuple des fées ! Une banshie n'est qu'un élémental, et l'un des moins puissants. Et celle-ci est jolie ! Que désires-tu de plus ? Elle ne peut te faire aucun mal, approche-toi donc d'elle aussi près que tu pourras et observe-la bien !

Après m'avoir gratifié d'un clin d'œil, Arkwright se dirigea vers la clôture du jardin et passa à travers la haie pour rejoindre la route.

Bientôt, la brume commença à se dissiper, et le large disque de la lune – dans deux nuits, elle serait pleine – apparut au-dessus des arbres. Une vive lumière argentée se répandit sur le jardin.

Je décidai de rester en sentinelle sur le pont. Je m'appuyai d'abord contre la rambarde. Puis, fatigué, je m'assis en tailleur sur les planches, le bâton dans la main gauche, mon sac près de moi. Au bout d'un moment, je piquai du nez. Je finis par m'allonger sur le dos, la tête sur mon sac, et je fermai les yeux.

Si Bill Arkwright avait été là, nous aurions veillé à tour de rôle. Mais quelle importance ? La banshie ne pouvait faire de mal à personne, et, si elle apparaissait sur le rivage, son cri m'alerterait aussitôt. Je me laissai donc aller au sommeil.

Je m'éveillai en sursaut. Quelque chose n'allait pas… Une sensation de froid me courait le long du dos, cette sorte de froid qui annonce l'approche d'une créature de l'obscur. Saisissant mon bâton, je sautai sur mes pieds.

J'entendis alors un gémissement horrible ; j'en frissonnai de la tête aux pieds. Aucun animal nocturne ne produit un son aussi terrifiant. Ce ne pouvait être que la banshie.

Le cri me paraissait venir de l'autre côté du lac. Selon les instructions de mon maître, je décidai d'aller me rendre compte par moi-même. Quittant le pont, je suivis le côté droit de la rive. Des arbres et des buissons encombraient les berges, principalement des saules aux longues branches traînantes. Les irrégularités du sol ralentissaient mon avance.

Quand la plainte de la banshie s'éleva de nouveau, elle était beaucoup plus près. Je m'arrêtai net. Arkwright avait beau prétendre que ces créatures ne sont pas dangereuses, à ce cri, mes cheveux s'étaient dressés sur ma nuque.

Alors, je la vis…

Elle était agenouillée dans la boue, au bord de l'eau, et me tournait le dos.

Arkwright m'avait recommandé de l'observer de près. J'avançai donc prudemment d'un pas, d'un autre. Oui, elle lavait quelque chose dans le lac. Le jardinier avait raison, ça ressemblait au linceul dont on enveloppe un mort avant de le déposer dans son cercueil. J'approchai encore. La silhouette penchée continuait sa besogne, et je voyais les taches sombres qui maculaient le drap se diluer dans l'eau comme de l'encre.

Était-ce du sang ? D'après ce que j'avais lu dans le *Bestiaire de l'Épouvanteur*, une banshie lavant un linge sanglant était le présage d'une mort violente. Or, M. Wicklow souffrait d'une congestion pulmonaire consécutive à une pneumonie. Ça ne collait pas. À moins qu'un autre habitant de la maison ne soit menacé de mort… ?

J'avançai encore un peu. Et je remarquai autre chose.

Sur la branche d'un arbre, juste au-dessus de la banshie, était perché un gros corbeau, son œil noir fixé sur moi. Il y avait dans cet oiseau quelque chose de funeste et de malveillant.

La banshie retira soudain le linceul de l'eau et se mit à l'essorer. En même temps, elle poussa pour la troisième fois son horrible cri. Le son monta, si terrible, si vibrant, que je retins mon souffle. Lorsqu'il cessa enfin, je tremblais de tous mes membres.

La banshie tordait le drap comme pour en extirper la dernière goutte d'eau. Profitant qu'elle fût ainsi occupée, je risquai un autre pas en avant. Ce fut une erreur. Une brindille craqua sous mon pied ; la banshie tourna vivement la tête et me vit.

Ma bouche s'assécha d'un coup. La sensation de froid qui me courait le long du dos s'intensifia. Les impressions du jardinier s'étaient révélées justes quant au linceul, pas quant au visage de la créature.

C'était une face hideuse, aussi craquelée que le lit asséché d'une mare en été. Les yeux n'étaient que deux trous noirs. La bouche s'ouvrit, et il en sortit un feulement de chat en colère. Elle cherchait visiblement à me terrifier. Sans reculer, je l'affrontai du regard.

Je m'attendais à ce qu'elle disparaisse, tel un élémental aquatique. Au lieu de quoi, elle sauta sur ses pieds. Et elle me parla :

Va-t'en, petit ! Ne t'attarde pas ici ou tu vas mourir.

À peine avait-elle prononcé ces mots que le corbeau ouvrit ses ailes et s'envola.

Je ne savais pas que les banshies pouvaient parler. Elles étaient célèbres pour leurs horribles plaintes. Celle-ci s'éloignait maintenant à grands pas le long de la rive. Je la suivis. Mais, tandis que je passai à l'endroit où elle avait lavé le linceul, un rayon de lune me révéla ses empreintes dans la boue. Elle marchait pieds nus. Et j'entendais distinctement le bruit mouillé de ses pas, devant moi. Non, ce n'était pas une banshie, car ces créatures n'ont pas d'existence matérielle. Elles ne sont que des apparitions. À quoi avais-je affaire ? Un genre de sorcière ? Ce corbeau était-il son animal familier ? Les sorcières du clan Mouldheel marchaient pieds nus, mais je doutais que l'une d'elles fût venue jusqu'ici.

Elle se mit à courir, et j'accélérai l'allure. Je regrettais d'avoir laissé ma chaîne d'argent dans mon sac. J'aurais pu l'immobiliser dans sa course et la jeter à terre. Je n'avais pas imaginé que j'affronterais une créature matérielle, qui courrait aussi vite ! La distance se creusait entre elle et moi. Et, devant nous, au-delà de la lisière des arbres, s'élevait le tumulus.

Elle s'y dirigea tout droit, traversant un espace dégagé alors que j'étais encore sous les arbres. Un éclair éblouissant jaillit soudain, qui m'aveugla un instant, et ma tête heurta une branche basse. Quand je sortis enfin du bois, la créature s'était volatilisée.

Je m'arrêtai pour regarder autour de moi. Personne. J'approchai prudemment du monticule de terre. Il était de forme ovale, et son flanc le plus proche formait un mur presque vertical. Je vis des empreintes de pied près de la paroi ; là, elles disparaissaient. Comme si la sorcière avait pénétré dans le tumulus.

Perplexe, je fis le tour du monticule avant de revenir à travers bois jusqu'au pont. Je m'étendis de nouveau, enveloppé dans mon manteau, la tête sur mon sac. La nuit promettait d'être longue. Il faisait très froid, et je ne dormis que par intermittence. Je ne cessais de penser à ce que j'avais vu. Que se passait-il ici ? Si j'en croyais mes lectures, nous n'avions pas affaire à une banshie. J'aurais beaucoup à raconter à Bill Arkwright au matin.

L'aube me trouva marchant de long en large sur le pont, à me demander s'il n'était pas trop tôt pour me rendre à la cuisine du manoir et y réclamer mon petit déjeuner. Peut-être même pourrais-je obtenir double part, comme Bill Arkwright me l'avait suggéré. Pourquoi pas ? Je me sentais de l'appétit pour deux. Estimant que j'avais assez patienté, je m'apprêtais à partir quand j'entendis des pas sur la route. Bill Arkwright se faufila à travers la haie et pénétra dans le jardin. Je sursautai. Je ne l'attendais pas si tôt.

En voyant son allure, je lâchai un grognement. Il s'appuyait lourdement sur son bâton et avançait d'une démarche incertaine. Il paraissait furieux. Le pire, c'était ses lèvres encore maculées de rouge. Il avait bu du vin. Il ne s'adonnait que rarement à la boisson, depuis quelque temps, mais, quand cela lui arrivait, cela n'arrangeait pas son humeur.

– Si j'allais chercher nos petits déjeuners ? suggérai-je dès qu'il arriva au pont.

– Tu peux faire une croix dessus, Tom Ward. C'est la dernière chose dont j'aie envie. J'aurais dû aller directement à la ferme sans t'accompagner jusqu'ici pour que tu surveilles cette fichue banshie.

– Ce n'est pas une..., commençai-je, désireux de le mettre au courant de ma découverte.

Il eut un rictus de colère :

– Ferme-la ! Et écoute-moi, pour une fois ! C'était un ver, pas une sorcière d'eau. Une vraie saleté. Il est entré dans la ferme et il a tué un enfant. Enfer et damnation ! Un enfant est mort parce que je ne suis pas arrivé à temps !

Je baissai la tête, ne sachant que dire.

– On y retourne, continua-t-il. La bête a trouvé refuge dans un vieux hangar à bateaux, et on ne sera pas trop de deux pour la débusquer. C'est un monstre sacrément dangereux, un ver ! Alors, amène-toi, ou il tuera de nouveau.

Sur ces mots, il repartit vers la route. Bientôt, nous remontions le chemin de halage, le long du canal, en direction de la ferme. La banshie n'était plus notre priorité.

3
Le ver

Un vent froid soufflait de la mer, et je relevai ma capuche pour garder mes oreilles au chaud. Je restai en arrière presque tout le temps, sachant que mon maître n'était pas d'humeur à apprécier la compagnie. Mais, quand nous eûmes traversé le canal pour prendre l'allée menant à la ferme, il me fit signe d'approcher :

– Écoute-moi bien, Tom Ward ! Ce que je vais te dire pourrait te sauver la vie. Voici ce que je sais à propos des vers, qu'il ne faut pas confondre avec de banals vers de terre géants. Certains ont des pattes, la plupart sont munis d'une longue queue, tous sont vicieux et irascibles. J'ai observé les traces que celui-ci a laissées derrière lui : il a des pattes et une queue. Ses pattes le rendent particulièrement véloce, aussi, sois prudent !

L'idée de devoir affronter un être pareil me rendait nerveux. Arkwright ne voulait pas prendre le risque de s'y attaquer seul, preuve que la tâche promettait d'être rude.

– Leur corps évoque celui des anguilles, continua-t-il, sauf qu'il est recouvert d'écailles vertes, aussi dures que des plaques d'armure, et qu'il est très difficile d'y enfoncer une lame. Quant à leur mâchoire, garnie de crocs aussi tranchants que des rasoirs, elle est capable de t'arracher la tête ou un bras d'un seul coup de dents. Les vers sont des créatures redoutables, Tom Ward. Si certains sont plus petits qu'un chien, d'autres atteignent la taille d'un cheval. Celui-ci est plus gros que moi – ce qui est surprenant, dans une région aussi éloignée des lacs, leur territoire habituel. Lorsqu'ils capturent un humain, ils l'étouffent avant de le dévorer, os compris, ne laissant presque aucune trace de leur victime. Mais, s'ils s'attaquent au bétail, ils se contentent de vider les animaux de leur sang. C'est ce que celui-ci a fait avec les moutons du fermier. Voilà pourquoi j'ai cru à l'attaque d'une sorcière d'eau. Mon erreur a coûté la vie à un petit garçon. Le ver s'est introduit dans la maison et l'a arraché à son lit. Quand le fermier est monté dans la chambre de son fils avant d'aller se coucher, il était trop tard. Le ver l'avait mangé. Il ne restait de lui que des lambeaux de chemise de nuit ensanglantés.

C'était aussi triste qu'horrible. Je compatissais à la douleur des malheureux parents. Et je comprenais la colère de mon maître : il avait commis une faute qu'aucun épouvanteur ne saurait se pardonner.

– On les prend parfois pour des dragons, poursuivit Arkwright, parce qu'ils soufflent des nuages de vapeur qui désorientent leur proie et les dissimulent quand ils crachent. Leur crachat venimeux tue un homme en quelques minutes. S'il touche ta peau, tu es mort. S'il atteint ton pantalon ou ta chemise, il traverse le tissu et peut encore t'inoculer une dose mortelle de poison. Mais, à deux, il est possible de dérouter la bête. Elle ne saura à qui s'attaquer en premier. Ça nous donnera une chance. Des questions ?

– La chaîne d'argent est-elle efficace contre un ver ?

Arkwright secoua la tête :

– Tu perdrais ton temps. Son corps écailleux est trop sinueux, trop glissant ; il s'en débarrasserait aussitôt. De plus, il est insensible au sel et à la limaille de fer. On utilisera nos bâtons. C'est le moyen le plus sûr. Laisse-moi l'affronter de face, pendant que tu le prendras de côté. Garde assez de distance entre nous pour qu'il ne sache pas quel adversaire affronter. Ça me donnera peut-être le temps d'approcher assez près pour l'abattre avant qu'il ne m'ait causé de sérieuses blessures.

En passant près de la ferme, j'entendis une femme se lamenter à l'intérieur. La pauvre mère pleurait son enfant. Nous suivîmes un sentier détrempé qui menait à un canal. Nous le longeâmes jusqu'à atteindre une zone de marais salants. Il y avait peu d'eau dans le canal, à cette heure, mais la marée montait, permettant à de petites embarcations de gagner la mer. De nombreux hangars s'alignaient le long des quais. Arkwright s'arrêta à proximité du plus grand. Il tombait en ruine. À l'arrière, une petite porte était fermée par un tortillon de fil de fer.

– Nous y sommes, dit Arkwright. C'est là qu'il s'est réfugié. Espérons qu'il est encore à l'intérieur. C'est probable, car il vient de se nourrir. Il restera caché jusqu'à ce que la faim l'envoie de nouveau en chasse, demain soir probablement. Examinons les lieux avant d'entrer...

Arkwright fit le tour du hangar avec circonspection. Le vent couchait l'herbe humide. Le paysage, plat et lugubre, constellé d'étendues vaseuses, s'étirait jusqu'à l'horizon. À part quelques mouettes descendant en longues spirales du ciel hivernal, il n'y avait pas âme qui vive.

– Là ! Tu vois ces traces ? C'est par là qu'il est entré...

Du côté du canal, une pente boueuse montait vers la large porte principale, qui donnait sur l'eau. On distinguait des empreintes de griffes, effacées de place en place là où la queue de la bête avait balayé le sol. Les planches pourries, cassées à plusieurs endroits, laissaient un trou béant dans la partie basse du portail. Le trou par lequel la créature s'était faufilée.

Comme nous achevions notre inspection, Arkwright hocha la tête d'un air satisfait :

– Pas de traces fraîches ; il n'est pas ressorti. Allume une chandelle, Tom Ward ; il va faire noir là-dedans...

Je tirai de ma poche un morceau de chandelle et mon briquet à amadou. Je dus m'accroupir près de la porte et faire un écran de mon corps contre le vent pour allumer la mèche.

– Prêt ? souffla Arkwright.

Je fis signe que oui. Une seconde plus tard, Arkwright avait détortillé le fil de fer qui retenait la petite porte. Il pénétra prudemment dans le hangar, le bâton en main. J'entrai sur ses talons, protégeant la flamme de mon mieux.

Je sentis aussitôt que le ver était tapi tout près de là. Une brume dense à l'odeur âcre flottait dans le bâtiment : le souffle de la créature. Je ne m'étonnai pas que les gens prennent les vers pour des dragons : on pouvait croire qu'ils crachaient du feu.

La carcasse pourrissante d'un bateau emplissait presque tout l'espace. Elle était soutenue par des étais à trois bons pieds au-dessus du sol. De l'obscurité qui régnait en dessous, une masse sombre jaillit vers nous.

J'aperçus en un clin d'œil une mâchoire énorme garnie de dents horriblement affilées. Puis le ver se montra dans son intégralité. Il était vraiment gros. Dressé sur ses pattes arrière, il aurait dépassé Arkwright d'une bonne tête, et la queue qui traînait derrière lui allongeait son corps d'un tiers. Par chance, ses pattes courtes l'obligeait presque à ramper sur le sol, qu'il grattait de ses griffes recourbées. De larges écailles vertes le recouvraient telle une armure.

Émettant une sorte de sifflement, il souffla par ses naseaux un jet de fumée qui me brouilla la vue. Arkwright leva son bâton et frappa. Il manqua la tête d'un pouce, et la bête recula à demi sous la carcasse du bateau. Elle gronda ; ses petits yeux étincelèrent dans la lumière de la chandelle.

– Reste à l'écart, Tom Ward, m'ordonna Arkwright. Je m'en occupe.

Il s'avança, assurant sa prise sur son bâton.

Brusquement, le monstre cracha. Arkwright n'eut que le temps de faire un pas de côté; le liquide sombre manqua sa jambe de peu.

– Garde tes distances, me prévint mon maître. Rappelle-toi: si le venin touche ta peau, tu meurs en quelques minutes. Passe-moi la chandelle, puis recule vers la gauche.

J'obéis. Il l'éleva dans sa main droite. Le ver tourna la tête vers la lumière, fit de nouveau face à Arkwright et souffla un jet de fumée. Caché derrière ce nuage, il siffla, et un deuxième crachat atterrit sur l'une des bottes d'Arkwright. Par chance, le cuir était trop épais pour que le venin le traverse.

Arkwright agita encore la flamme.

– La lumière le fascine, me dit-il à voix basse. C'est un bon moyen de distraire son attention. Maintenant, avance-toi un peu et menace-le de ton bâton. Attention, pas trop près!

J'exécutai la manœuvre. Les yeux de la bête se fixèrent sur moi. Aussitôt, Arkwright se rua sur la hideuse créature. Il lui assena trois coups rapides. Le premier manqua sa cible, car la bête avait esquivé. Mais au deuxième et au troisième la lame s'enfonça profondément dans la tête et le cou. Le ver se retira en se tortillant sous l'abri du bateau. Son sang laissa sur le sol une longue traînée sombre et visqueuse.

Arkwright me rendit la chandelle:

– Accroupis-toi, et éclaire-moi le mieux possible.

Il posa son bâton, sortit de sa ceinture un coutelas affilé et se faufila à son tour sous la carcasse de bois. À la lumière de la flamme, je le vis frapper, frapper encore, jusqu'à ce que la bête, lâchant un énorme soupir, retombe, inerte.

– Moins difficile que je l'aurais cru, remarqua-t-il en se redressant à mes côtés. Eh bien, Tom Ward, allons dire au fermier Dalton que la tâche est terminée.

En réponse aux trois coups du heurtoir, le fermier nous ouvrit la porte. Il avait les yeux rouges et gonflés.

Arkwright leva le bras en direction des marais salants :

– Le corps de la bête est là-bas, dans le plus grand hangar à bateaux ; il ne va pas tarder à se décomposer.

L'homme répondit d'un hochement de tête, et un sanglot le secoua.

– Je suis désolé pour votre fils, reprit Arkwright avec douceur.

Nouveau hochement de tête. Le malheureux était incapable de parler.

– Eh bien, nous... euh..., nous ferions mieux de repartir, reprit Arkwright.

– Attendez, dit enfin le fermier. Je vais vous payer. Oubliez la viande et le fromage. J'ai quelques économies au grenier...

– Vous ne me devez rien, déclara mon maître. Gardez votre argent pour les funérailles.

Sur ces mots, nous reprîmes la route à grands pas, retournant vers le manoir des Wicklow. Nous marchâmes un moment en silence. L'étrange affaire de la nuit me revint alors en mémoire.

– La banshie, monsieur Arkwright..., commençai-je.

– La banshie, Tom Ward, me coupa mon maître. On va s'occuper d'elle, à présent ! J'espère qu'on nous paiera bien pour nos services. Je n'ai pas eu le cœur de réclamer quoi que ce soit à Dalton, après ce qui est arrivé.

– Ce n'est pas une banshie, continuai-je. Du moins, je ne crois pas...

Il s'arrêta brusquement et me fixa :

– Tu l'as vue ?

J'opinai du chef.

– Était-elle aussi jolie que le disait le jardinier ?

Je fis signe que non.

– C'est un vieil homme, commenta Arkwright. Sans doute à son âge trouve-t-on toutes les femmes jolies...

– Elle était hideuse, avec une vilaine peau toute craquelée.

– Et elle lavait un linceul ?

– Un drap couvert de sang. De grandes taches noires se délayaient dans l'eau. C'est un présage de mort violente, n'est-ce pas ? Or, M. Wicklow souffre d'une congestion des bronches ; ça ne colle pas.

Arkwright se gratta le crâne, les sourcils froncés :

– Qu'est-ce qui te laisse penser que ce n'est pas une banshie ?

– Les banshies sont des créatures immatérielles. Celle-ci a laissé des empreintes dans la boue de la rive. Et elle m'a parlé. Elle m'a prévenu que, si je m'attardais dans les parages, j'allais mourir. Puis elle s'est enfoncée sous les arbres.

Me rappelant cette voix, je pris soudain conscience d'un détail :

– Elle avait le même accent que Mme Wicklow. Elle vient d'Irlande, la grande île au large de la côte ouest !

– Vraiment ? Et qu'as-tu fait, Tom Ward ? Lui as-tu obéi ?

– Non. Je l'ai suivie. Mais j'ai eu beau courir, je n'ai pas réussi à la rattraper. Elle s'est dirigée vers le tumulus et elle a disparu. Ses empreintes s'arrêtaient au pied du monticule. Comme si elle s'était évanouie dans les airs.

– Vraiment ? répéta Arkwright. Voilà qui est intéressant.

– Juste avant, il y a eu un éclair éblouissant, poursuivis-je. À mon avis, il s'agit d'une sorcière. J'ai vu un corbeau noir, perché sur une branche au-dessus d'elle tandis qu'elle lavait le linceul. Ce devait être son animal familier.

Arkwright parut pensif, et même quelque peu troublé :

– Viens, Tom Ward ! Reprenons notre route. Tu m'as donné matière à réflexion...

Nous marchâmes donc vers le manoir de Lune Hall. Plongé dans ses pensées, mon maître ne prononça plus un mot.

4
La meurtrière celte

Le soir tombait quand nous atteignîmes le manoir, mais le ciel était clair et la lune ne tarderait pas à se lever.

– Eh bien, Tom Ward, déclara Arkwright en s'écartant sur le bord du chemin, bavardons un peu.

Il déposa son sac sur le sol et s'adossa à un arbre :

– La journée a été longue, nos estomacs crient famine. Malheureusement, on ne peut plus prendre le risque de manger, à présent. Suivons le conseil que John Gregory nous donnerait, et jeûnons avant d'affronter l'obscur. Car nous allons nous aventurer en terrain inconnu, j'en ai peur. Tu as entendu parler des sorcières celtes ?

Me débarrassant à mon tour de mon sac, je fouillai dans ma mémoire.

— Je crois n'avoir rien lu là-dessus dans le *Bestiaire de l'Épouvanteur*, dis-je.

— Pas étonnant, car on a très peu d'informations sur elles. Elles viendraient du sud-ouest de l'Irlande. Cette île tout entière est environnée de mystère. On l'appelle parfois l'île d'Émeraude, parce qu'il y pleut plus souvent encore que dans le Comté, et l'herbe y a cette teinte de vert particulière. Elle est aussi envahie par le brouillard, parsemée de dangereux marécages. Au sud-ouest, on trouve des mages caprins particulièrement pernicieux.

— J'ai lu quelque chose là-dessus ! m'écriai-je.

— Les mages caprins vénèrent Pan, un ancien dieu. Ils ont de grands pouvoirs, mais ne quittent pas l'Irlande. Quant aux sorcières celtes, pour autant que je le sache, aucune ne s'est jamais aventurée dans le Comté. Il semble qu'elles vouent un culte à une ancienne déesse, la Morrigan, qui hante les champs de bataille. On la surnomme aussi la Déesse du Massacre. Quand elle surgit sur cette terre, invoquée par l'une des sorcières celtes, elle prend habituellement l'aspect d'un gros corbeau…

— Alors, le corbeau sur la branche… ?

Arkwright haussa les épaules :

– Va savoir ! Encore un détail : il y a beaucoup de tumulus, en Irlande. Beaucoup ! Pour un dans le Comté, on en dénombre dix là-bas. On dit que les sorcières trouvent refuge à l'intérieur de ces cairns, ces tombeaux de terre. Nous avons affaire à une sorcière celte, Tom Ward, j'en suis quasi sûr. Et, comme nous n'avons guère de données sur ses pouvoirs, il faut s'en méfier comme de la peste.

Avant d'aller monter la garde dans le jardin, Arkwright décida de présenter ses respects à la maîtresse de maison. Nous fîmes donc le tour du bâtiment jusqu'à la porte de service. Cette fois, nous attendîmes un long moment qu'on vienne nous ouvrir, et Arkwright commença à manifester son impatience.

La même servante se présenta enfin. Fuyant notre regard, elle nous invita à entrer avec réticence. Elle ne nous conduisit pas à la cuisine mais vers l'avant de la maison, et nous introduisit dans un vaste salon.

Mme Wicklow, entièrement vêtue de noir, très pâle, se tenait devant la cheminée, le dos au feu. À sa droite, sous la fenêtre voilée par un rideau, un cercueil drapé de pourpre reposait sur une longue table basse. Deux grands cierges brûlaient, l'un à la tête, l'autre au pied.

Un frémissement menaçant dans la voix, la femme nous interrogea :

– Où étiez-vous la nuit dernière ? Mon mari est mort, à l'instant même où la banshie a poussé son cri pour la troisième fois.

– Un ver a tué un enfant du voisinage, et j'ai été appelé en urgence, répliqua Arkwright, altérant légèrement la vérité. J'ai laissé mon apprenti veiller. C'est un garçon très capable. Et, d'après son récit, je doute que nous ayons affaire à une banshie...

Le regard de Mme Wicklow s'égara dans les méandres du tapis, et elle joignit les mains comme pour dissimuler leur tremblement.

– Ah, je constate que vous le saviez déjà, déclara Arkwright d'un ton accusateur. Vous connaissiez la présence d'une sorcière au bord du lac...

Elle leva vers lui des yeux brillants de larmes :

– Nous vivions dans le Comté depuis cinq ans, et je nous croyais en sécurité. Mais on nous a envoyé une tueuse. Elle a tué mon mari, et je serai sa prochaine victime.

– Qui, *on* ? Un clan de sorcières ?

– Non. Les sorcières celtes ne vivent pas en clan. Elles travaillent seules. Les mages caprins l'ont envoyée. Ils voulaient se venger de mon mari. Que savez-vous de ces mages ? Avez-vous une idée de ce dont ils sont capables ?

– Je ne connais que peu de chose sur eux, madame. Ce qui se passe sur votre île est un mystère pour nous.

– Chaque année, les mages attachent une chèvre sur une haute plate-forme. Ils la vénèrent pendant une semaine et un jour. Des sacrifices humains sont célébrés, jusqu'à ce que l'animal soit peu à peu possédé par le dieu Pan. La chèvre se met à parler, elle se dresse sur ses pattes de derrière, devient de plus en plus grande et exige davantage de sacrifices.

Ce qu'elle nous disait là était rapporté dans le *Bestiaire de l'Épouvanteur*. Arkwright l'avait déjà lu. Néanmoins, il la laissa s'expliquer sans l'interrompre dans l'espoir d'apprendre un élément nouveau.

– Le pouvoir que les mages obtiennent au cours de ces cérémonies sanglantes dure environ un an. Parfois, cependant, les choses se passent mal. Si Pan ne vient pas posséder la chèvre, les mages doivent s'enfuir et trouver refuge dans des lieux cachés. Ils sont alors vulnérables, et leurs ennemis jurés, une fédération de propriétaires terriens du Sud-Ouest, les traquent impitoyablement. Mon mari était membre de cette fédération. À cette époque, il y a huit ans, il était leur chef. Les mages étaient affaiblis. Lui et ses hommes en ont tué cinq. Malheureusement, les années suivantes furent favorables aux mages. Leur pouvoir grandit. Et ce fut leur tour de traquer et de tuer les propriétaires. Craignant pour nos vies, nous rassemblâmes nos richesses pour nous réfugier ici. Le manoir appartenait à mon beau-frère, un célibataire. Il s'est tué dans un accident de cheval l'an dernier, et mon mari a hérité du domaine. Nous nous croyions en sécurité dans cette maison. Mais les mages caprins et la fédération sont en état de guerre perpétuelle. Nos ennemis nous ont retrouvés je ne sais comment et ont envoyé une tueuse à nos trousses.

– Si vous saviez tout cela, pourquoi ne nous avoir rien dit ? Mon apprenti aurait pu y laisser sa peau !

– Je pensais que, si vous appreniez la vérité, vous refuseriez le travail. J'avais peur et j'étais désespérée.

– Que devrons-nous affronter, alors ? Vous êtes originaire de ce pays. Quels sont les pouvoirs d'une sorcière celte, en particulier une tueuse ?

– Elles sont d'une habileté diabolique avec les armes blanches, couteaux et lances. Elles empalent parfois leurs ennemis pour qu'ils agonisent lentement. Mais la méthode que celle-ci a utilisée contre mon mari est leur préférée ; elle l'emploiera bientôt contre moi. Elles imitent les banshies – c'est pourquoi les gens de mon pays les appellent sorcières-banshies. Sauf qu'au lieu d'annoncer une mort prochaine, elles la provoquent. Quand elles essorent le linceul qu'elles ont plongé dans l'eau, elles tordent en même temps, par magie noire, le cœur et les artères de leur victime. La nuit dernière, au troisième cri de la sorcière, le cœur de mon mari a explosé. Le sang a jailli par sa bouche, détrempant son oreiller. Cette nuit, elle va renouveler le processus. Et je serai la victime.

— Pas si je peux l'empêcher. Mais il nous faudra sans doute plus d'une nuit, déclara Arkwright.

— Vous avez jusqu'au troisième cri de la troisième nuit. Si vous échouez, je mourrai.

Arkwright hocha la tête et s'apprêta à quitter le salon.

— Je compatis à votre deuil, marmonna-t-il.

— Mon mari n'était pas un homme bon, confia Mme Wicklow d'une voix amère. Notre mariage avait été arrangé par nos familles. Je ne l'ai jamais aimé. C'était un sot, qui ne m'a apporté que des ennuis.

Ne sachant comment réagir, Arkwright salua en silence.

— Avez-vous dîné ? demanda-t-elle.

— Nous jeûnons avant d'affronter l'obscur, répondit mon maître. Mais nous apprécierons un petit déjeuner léger demain matin. Il nous faudra malgré tout reprendre des forces.

Mme Wicklow sonna la servante, qui nous ramena à l'entrée de service. Nous traversâmes de nouveau le jardin en direction du lac.

– Eh bien, Tom Ward, commenta Arkwright à voix basse. Voilà quelque chose d'inattendu. Nous allons affronter une sorcière celte ; prépare ta chaîne d'argent.

5
Le cri de la banshie

Nous nous installâmes sur le pont. Ma chaîne d'argent était à présent dans la poche gauche de mon pantalon. Je l'enroulai autour de mon poignet, prête à être lancée. Nous n'eûmes pas à attendre longtemps.

Le terrible cri de la banshie résonna bientôt sur le jardin. Cette fois, il venait de l'autre bout du lac, à proximité du tumulus. Arkwright s'élança aussitôt. Je partis sur ses talons.

Le deuxième cri suivit le premier beaucoup plus vite que la nuit précédente. La sorcière pousserait-elle le troisième avant que nous l'ayons rejointe ?

C'est ce qu'elle fit, et je grognai de dépit intérieurement. Mme Wicklow allait déjà souffrir.

Nous courions à présent côte à côte, filant en direction du cri.

– La voilà ! haleta Arkwright en la désignant de son bâton.

Une silhouette de femme fuyait entre les arbres.

Soudain, quelque chose de noir s'abattit sur moi, griffes ouvertes. C'était le grand corbeau que j'avais aperçu la nuit précédente.

Je me baissai, et mon agresseur glissa silencieusement vers Arkwright. J'entendis mon maître pousser un cri, je le vis chanceler.

– Continue, me lança-t-il. Poursuis-la !

Je fonçai de plus belle. Mais la lune avait disparu derrière un nuage, et je ne repérais plus la sorcière qu'au clappement de ses pieds nus sur le sol. Nous approchions de la lisière du bois, et le tumulus s'élevait juste au-delà. Cette fois, je voulais être sûr de la rattraper. Je me préparai à lancer ma chaîne, me fiant à mes seules oreilles.

Une brusque explosion de lumière me brûla les yeux. C'était comme de fixer le soleil. Aveuglé, je fus contraint de m'arrêter. La lumière s'éteignit rapidement. Seule une lueur argentée semblable à celle de la pleine lune coulait encore sur le sol.

Ce n'était pas la lune, pourtant. C'était une porte circulaire, ouverte dans le tumulus. La silhouette de la sorcière s'y découpait. À mesure que la clarté faiblissait, je distinguai des formes, à l'intérieur. On aurait dit une table et des chaises...

L'obscurité était retombée, et je m'avançai lentement vers le tumulus. On ne voyait plus trace d'une porte, rien que de l'herbe. La lune brilla de nouveau ; sur le sol, je remarquai des empreintes.

Arkwright surgit à mes côtés. Il avait une coupure au front, au-dessus de l'œil gauche. Du sang lui maculait la figure.

– Ça va ? m'inquiétai-je.

– Ce n'est rien, grommela-t-il. Une égratignure. C'est cet oiseau ; sûrement son compagnon. Alors, comme ça, la sorcière a encore disparu ?

J'opinai de la tête.

– Elle est entrée dans le tumulus, j'en suis sûr. Cette fois, j'ai vu une porte, une ouverture ronde, et des choses à l'intérieur. Des meubles.

– Des meubles ? Tu vas bientôt me raconter qu'elle s'est mise au lit pour faire un petit somme ! Tu n'as pas eu la berlue, Tom Ward ?

– Ça ressemblait vraiment à une table et des chaises.

– Hummm... Nos yeux nous jouent parfois des tours, en de telles occasions. Mais j'incline à penser qu'elle a trouvé refuge dans ce tertre avec l'aide de la magie noire.

Nous passâmes le reste de la nuit sur le pont, prenant un peu de sommeil à tour de rôle. Nous ne nous attendions pas à ce qu'il arrive quoi que ce soit, mais Arkwright ne voulait courir aucun risque.

À l'aube, nous nous lavâmes les mains et le visage dans le lac avant de nous présenter au manoir par l'entrée de service.

– Votre maîtresse nous a promis un petit déjeuner, dit Arkwright à la servante.

Elle nous servit un repas léger de pain, de jambon et de fromage ; puis elle nous conduisit de nouveau au salon. Mme Wicklow était assise dans un fauteuil, devant le feu, enveloppée dans un long châle. Elle frissonnait, les lèvres violacées.

– J'ai toujours eu peur de mourir dans mon lit, nous dit-elle d'une voix un peu haletante. Aussi, je préfère rester dans mon fauteuil jusqu'à la fin, quelle que soit la façon dont tout cela va se terminer...

– La sorcière s'est réfugiée dans le tumulus, lui expliqua Arkwright. Mais ne vous tourmentez pas. Cette nuit, elle ne nous échappera pas.

– Vous êtes blessé au visage, observa-t-elle.

– Un gros corbeau noir l'accompagne où qu'elle aille. Sans doute son animal familier. Il se peut aussi que ce soit la Morrigan. Mais, si c'était elle, elle ne se serait pas contentée de me griffer le front...

Mme Wicklow secoua la tête :

– On dit que ceux qui ont été blessés par la Morrigan sont marqués du sceau de la mort ; ils expirent avant la fin de l'année. Ce n'est probablement qu'une superstition. D'ailleurs, ce n'était sans doute pas la déesse en personne.

Après avoir remercié la maîtresse des lieux pour le repas, nous prîmes congé et retournâmes au bord du lac. C'était une belle journée, même si le soleil hivernal peinait à réchauffer l'atmosphère. L'attente serait longue jusqu'à la tombée de la nuit. J'avais hâte que tout soit fini et que nous soyons de retour au moulin.

– La coupure est profonde, fit remarquer Arkwright, qui s'était agenouillé pour se mirer à la surface de l'eau. J'espère ne pas garder une trop grosse cicatrice, je ne voudrais pas que ça gâte ma bonne mine !

Sa réflexion me fit rire.

D'un bond, il fut sur ses pieds et me flanqua une gifle sur l'arrière de la tête, qui m'envoya bouler. Je manquai de tomber à l'eau.

– Ce n'est pas drôle, Tom Ward ! gronda-t-il. Je suis ton maître, et j'attends de toi un minimum de respect !

– J'ai cru que vous plaisantiez, protestai-je.

– Enfer et damnation ! jura-t-il. Je plaisantais, mais tu as ri trop fort.

Il m'adressa un sourire carnassier, lèvres retroussées sur ses dents :

– En garde, Tom Ward ! Ne négligeons pas ton entraînement. Défends-toi !

Sur ces mots, il saisit son bâton et m'attaqua, tentant de me pousser dans le lac.

Nous combattîmes pendant près d'une heure. À la fin de cette joute, des muscles dont j'ignorais jusqu'alors l'existence criaient grâce, et de nouvelles ecchymoses enrichissaient ma collection. Toutefois, Arkwright n'avait pas réussi à me jeter à l'eau, ce que je considérai comme une sorte de victoire.

– Nous nous y prendrons autrement, cette nuit, me dit-il tandis que nous nous reposions sur le pont. Tu la repousseras vers le tumulus. Moi, je l'attendrai, couché parmi les arbres, pour lui bloquer le passage.

Le plan me paraissait bon, du moins si la sorcière ne flairait pas le danger. C'est un don que possèdent la plupart de ces créatures. En tant que septième fils d'un septième fils, les épouvanteurs échappent généralement à leur perspicacité. Mais, avec cette sorte de sorcière, rien n'était garanti.

La nuit venue, la première plainte de la banshie m'apprit qu'elle était toute proche. Cette fois, elle aurait un plus long chemin à parcourir pour gagner l'abri du tumulus. J'aurais peut-être le temps de la rattraper avant qu'elle ne sorte du bois. Ma chaîne d'argent dans ma poche et mon bâton à la main, je m'élançai en direction du cri.

Il y avait souvent un peu de rivalité, entre mon maître intérimaire et moi. Je caressais déjà l'idée d'immobiliser la sorcière avec ma chaîne sans laisser à Bill Arkwright le temps de l'intercepter. Je filais donc de toute la vitesse de mes jambes, sans me soucier qu'elle m'entende. Le cœur battant d'excitation, je me préparais à l'attaque.

Le deuxième cri s'éleva presque aussitôt. J'espérais que la sorcière utilisait des formulations particulières, qu'elle ne pouvait enchaîner trop rapidement. Hélas ! l'écho de son troisième cri courut à la surface du lac, et j'étais loin de l'avoir rejointe ! Je grognai de dépit, au souvenir des lèvres bleues de Mme Wicklow, de son souffle court. Ses souffrances avaient dû empirer.

J'accélérai l'allure. J'entendais les pas de la sorcière entre les arbres. Il fallait que je l'attrape ! Nous n'avions pu l'empêcher de pousser son troisième cri, la veille. Quelle chance aurions-nous d'intervenir la nuit suivante, avant qu'elle ne tue sa victime ?

Je l'aperçus, non loin de moi. Je gagnais du terrain. Je préparai ma chaîne d'argent. À l'instant où j'allais la lancer, elle se déporta sur la gauche, de sorte qu'un arbre s'interposa entre ma cible et moi.

Une silhouette trapue se dressa alors devant elle. Arkwright ! Elle le heurta de plein fouet. Il tomba..., elle vacilla, reprit sa course. Elle était en terrain découvert, à présent. Elle fuyait vers le tumulus. Je m'apprêtais de nouveau à projeter ma chaîne quand l'éclair m'aveugla. Mais, cette fois, bien qu'ébloui, je continuai sur mon élan. La silhouette de la sorcière se découpa contre le cercle lumineux de l'ouverture. Puis, d'un coup, l'obscurité retomba, avec le silence.

Il me fallut plusieurs secondes pour comprendre ce qui s'était passé. L'air était chaud, immobile. Des flammes clignotèrent le long d'une paroi rocheuse. Je distinguai des chandelles noires dans des bobèches. Du mobilier. Mes yeux ne m'avaient pas trompé. Il y avait bien une petite table et deux chaises de bois à haut dossier. J'étais à l'intérieur du tumulus !

J'avais franchi la porte magique à la suite de la sorcière, et elle était là, devant moi, tenant encore le linceul roulé, et je lus sur son visage un mélange de colère et de stupéfaction. Je respirai profondément pour retrouver mon calme et ralentir les battements précipités de mon cœur.

– Quelle sorte d'idiot es-tu donc, pour me suivre dans ma maison ? m'interpella la créature.

– Vous vous exprimez toujours en vers ? répliquai-je.

Elle n'eut pas le temps de répondre, car, tout en parlant, j'avais projeté ma chaîne, qui la ligota de la tête aux pieds, lui fermant la bouche et la jetant à genoux. C'était un lancer parfait. J'avais immobilisé la sorcière. Je n'étais pas sorti d'affaire pour autant...

Il n'y avait aucune trace de porte. Comment allais-je sortir du tumulus ?

J'inspectai soigneusement l'intérieur de la chambre, faisant courir mes doigts sur la paroi par laquelle j'étais entré. Je ne sentis pas la moindre rainure. J'étais dans une grotte étroitement close. Arkwright était dehors ; j'étais pris au piège. Avais-je emprisonné la sorcière ou était-ce elle qui m'avait emprisonné ? Je la regardai. Malgré la pression de la chaîne, ses doigts crispés n'avaient pas lâché le linceul.

Je m'accroupis près d'elle et plongeai mes yeux dans les siens. J'y lus une lueur amusée. La chaîne lui retroussait les lèvres sur les dents, ce qui lui donnait une expression mi-souriante, mi-grimaçante. Mais son visage n'était plus la face hideuse que j'avais aperçue quand elle lavait le drap. Il aurait pu être celui de n'importe quelle jeune femme du Comté que l'on croise au marché. Sans doute la première fois avait-elle utilisé un sortilège pour m'effrayer, une forme mineure d'*horrification*, peut-être.

Il fallait que je sache comment sortir de là. C'était risqué, mais j'avais un besoin urgent de l'interroger. J'écartai la chaîne de ses lèvres pour qu'elle puisse parler. Grossière erreur... !

Elle marmonna trois phrases rapides, dans une langue que je n'avais jamais entendue. Puis elle ouvrit largement la bouche, et un nuage de fumée en jaillit.

Sautant sur mes pieds, je reculai vivement. Le nuage s'élargissait, dissimulant le visage de la créature. L'air, autour de nous, s'assombrissait, et cela me rappela les teintes sombres qui se répandaient dans l'eau quand la sorcière y trempait le linceul.

À mesure que la brume s'épaississait, elle prenait une forme reconnaissable : des ailes, des serres ouvertes, un bec redoutable. Un immense corbeau noir ! La bouche de la sorcière était un portail ouvert sur l'obscur ! Et ce qui en sortait était la Morrigan !

Elle n'avait rien du corbeau qui avait fondu sur Bill Arkwright. La créature devenait gigantesque ; elle se distordait de façon grotesque. Le bec, les pattes, les griffes s'allongeaient démesurément par rapport à la tête et au corps.

Quand les ailes se déployèrent à leur tour jusqu'à emplir tout l'espace, elles se mirent à battre violemment, frappant les parois, renversant la table, qui se brisa. Les griffes se tendirent vers moi ; je n'eus que le temps de plonger à terre, elles raclèrent le rocher au-dessus de ma tête, y creusant de profonds sillons.

La terreur s'empara de moi. Un épouvanteur n'a qu'une faible chance de vaincre l'un des anciens dieux. J'allais mourir ici ! Les premiers instants de panique passés, je m'efforçai de respirer profondément ; je retrouvai mon sang-froid. Mon maître m'avait bien entraîné, je savais que la première chose à faire était de maîtriser ma peur. J'avais déjà affronté bien des créatures de l'obscur et j'avais survécu. J'y réussirais encore.

Puissamment concentré, je laissai la force monter en moi. Peu à peu, l'effroi céda la place à l'assurance. Et à la colère.

Par un acte délibéré, avec une vitesse qui me surprit moi-même, j'avançai vers la Morrigan, libérai la lame rétractable de mon bâton et la balançai de gauche à droite. Elle trancha profondément la gorge de la créature, traçant une ligne rouge vif dans ses plumes noires.

Un cri atroce s'éleva. La Morrigan se convulsa, se contracta, rétrécit rapidement jusqu'à n'être pas plus grosse que mon poing. Puis elle disparut, ne laissant derrière elle que quelques plumes noires tachées de sang, qui flottèrent un instant dans les airs avant de retomber doucement.

La sorcière secoua la tête, une expression de total ahurissement sur le visage.

– C'est impossible ! gémit-elle. Qui es-tu pour être capable d'une telle chose ?

– Mon nom est Tom Ward, répondis-je. Je suis apprenti épouvanteur, et ma tâche est de combattre l'obscur.

Elle eut un sourire sinistre :

– Eh bien, tu as mené ton dernier combat, petit ! Il n'y a aucun moyen de sortir d'ici. La déesse sera bientôt de retour. Elle ne t'accordera pas une seconde chance.

Je regardai les plumes ensanglantées qui tapissaient le sol, puis je plongeai mes yeux dans ceux de la sorcière, m'efforçant de ne pas cligner des paupières :

– Nous verrons bien. La prochaine fois, je lui détacherai la tête du corps...

Je bluffais, bien entendu. Mon aplomb était feint. Il me fallait persuader cette sorcière de m'ouvrir la porte du tumulus.

– Tu n'es qu'un idiot, petit. Elle va revenir, te massacrer et emporter ton âme dans son royaume de ténèbres !

— Dans ce cas, le même destin vous attend, la menaçai-je. À cause de vous, elle a connu la souffrance. Elle voudra se venger...

Je vis diverses émotions se succéder sur son visage : de la rage, de l'incertitude, de la peur. Il y avait du vrai dans ce que j'avais dit, elle le savait. L'ancienne déesse pouvait se montrer impitoyable, même envers l'une de ses servantes.

— Alors, poursuivis-je, pourquoi ne pas ouvrir la porte afin que nous quittions le tumulus tous les deux ?

— Pour que tu me tues ou m'enfermes à jamais au fond d'une fosse ?

— Je n'en ferai rien. Une fois dehors, je vous relâcherai. En retour, promettez-moi de laisser Mme Wicklow en paix et de repartir dans votre île.

— Que t'importe son sort ? Elle et son mari étaient de riches propriétaires sans aucun respect pour leurs serviteurs et leurs servantes. Il y a six ans, quand les récoltes ont été mauvaises, ils ont laissé leurs gens mourir de faim. Ils auraient pu leur venir en aide, mais ils ne l'ont pas fait.

— Ce ne sont pas mes affaires. Vous avez tué le mari. Cela ne vous suffit-il pas ?

La sorcière parut réfléchir. Puis elle lâcha le linceul et ordonna :

— Aide-moi à me relever !

J'obéis, et elle sautilla vers la paroi de rocher, marmonnant des mots dans la langue qu'elle avait déjà employée. Une pâle clarté vacilla, et la porte s'ouvrit. Attrapant l'extrémité de la chaîne, je tirai la sorcière dans l'air froid de la nuit. La lune baignait le tumulus de sa lumière d'argent.

– Relâche-moi !
– Tiendrez-vous parole ?
– Oui, si tu tiens la tienne.

J'acquiesçai et, d'un vif mouvement du poignet, je la délivrai de la chaîne. Elle sourit :

– Ne mets jamais les pieds dans mon pays, petit ! La Morrigan est beaucoup plus puissante, là-bas. Elle se vengera. Elle t'infligera des tourments au-delà de ce que tu peux imaginer. Ne t'approche en aucun cas de l'Irlande !

Sur ces mots, la sorcière-banshie se détourna. Elle dessina un signe dans les airs, marmonna une formule. L'ouverture s'effaça et redevint une simple paroi herbeuse.

Je crus que la sorcière allait de nouveau s'adresser à moi. Elle n'en eut pas le temps.

Quelque chose siffla et se planta dans son dos. Elle tomba face contre terre, un couteau enfoncé jusqu'à la garde entre ses omoplates. Elle grogna, eut un dernier soubresaut et ne bougea plus.

Bill Arkwright sortit du couvert des arbres et marcha vers moi :

– Tu as passé un marché avec elle, Tom Ward ? Je ne saurais t'en blâmer. Sinon, comment serais-tu sorti de ce tertre ?

– Elle aurait tenu sa promesse, protestai-je. Elle serait repartie chez elle. Elle n'aurait pas lancé l'ultime malédiction...

– Promesse de sorcière ! fit Arkwright. À présent, on est sûrs qu'elle la tiendra.

– Je lui avais donné ma parole...

– Enfer et damnation ! jura Arkwright. Grandis un peu, petit ! On tue les sorcières, telle est notre tâche. On combat l'obscur. Préfères-tu retourner dans ta ferme ?

Je gardai le silence, les yeux fixés sur la sorcière abattue.

– Ce qui est fait est fait, reprit Arkwright en retirant son couteau du dos du cadavre. Si ça te dégoûte, ne reste pas ici.

Je repartis donc à travers bois pour l'attendre sur le pont. Les sorcières mortes peuvent creuser la terre de leur tombe, remonter à la surface et partir en quête de victimes. Il allait arracher le cœur de celle-ci pour être sûr qu'elle ne reviendrait pas.

Nous retournâmes auprès de Mme Wicklow, et Arkwright lui fit un récit circonstancié des évènements. Elle respirait encore plus difficilement que la nuit précédente, mais avait retrouvé l'espoir de guérir. Mon maître lui dit où était le corps de la sorcière, et elle donna des ordres pour qu'on l'enterrât près du tumulus. Puis elle nous paya, et nous prîmes congé.

Notre retour au moulin se fit en silence. La façon dont les choses s'étaient passées me laissait troublé, et je ne me sentais pas en verve. Arkwright lui-même semblait perdu dans ses pensées.

Nous franchîmes enfin le fossé empli d'eau salée qui protégeait son jardin des sorcières d'eau et des autres créatures de l'obscur. Avant que nous ayons atteint la porte du moulin, Griffe se mit à aboyer.

– Ah ! Enfin quelqu'un qui m'adresse la parole ! ironisa Arkwright.

Or, à notre entrée, Griffe ne se précipita pas vers nous comme je m'y attendais. Elle était occupée…

– Bonne fille ! Bonne fille ! dit Arkwright en s'agenouillant pour lui caresser la tête.

Elle allaitait deux chiots nouveau-nés.

– Comment allons-nous appeler ces deux beautés, Tom Ward ?

– Sang et Os ? suggérai-je avec un sourire.

– Parfait ! s'exclama Arkwright. Je n'aurais su mieux choisir. Tels seront leurs noms !

Il ouvrit son sac :

– Prudence est mère de sûreté. Voilà une gâterie pour la jeune mère !

Sortant du sac le cœur de la sorcière, il le jeta à Griffe.

J'eus bien d'autres aventures en compagnie de Bill Arkwright, mais je n'oublierai jamais celle-ci. Je ne cesse de penser aux paroles de Mme Wicklow : que ceux qui ont été marqués par la Morrigan portent le sceau de la mort. Ils décèdent au cours de l'année.

Et Bill Arkwright est mort moins d'un an plus tard, en Grèce, en sacrifiant sa vie afin que l'Épouvanteur, Alice et moi échappions à l'Ordinn.

Il a payé au prix fort notre affrontement avec la sorcière-banshie.

*Cet ouvrage a été mis en pages
par DV Arts Graphiques à la Rochelle*

Impression réalisée par

CPI
BRODARD & TAUPIN

La Flèche

*en juin 2011
pour le compte des Éditions Bayard*

Imprimé en France
N° d'impression : 63757